음식남녀

욕망과 삶

음식남녀

—

욕망과 삶

이문균

밥북 BOOK

머리말

인생이란 무엇인가? 인생을 알기 위해서는 철학책을 읽을 것이 아니라 소설이나 영화를 보아야 한다는 말이 있다. 소설과 영화가 보여 주듯이 인생이란 하나의 이야기, 남녀가 만나서 음식을 먹고 마시면서 사랑하고 미워하면서 이런저런 사건을 만들어가는 이야기가 아니겠는가?

무엇이 우리의 인생을 아름답게 만들기도 하고 파탄에 이르게도 하는가? '욕망'이다. 인생이란 수레에 올라탄 사람은 자기 욕망을 따라 살아간다. 욕망은 삶의 방향을 바꾸어 놓고 살아가는 모습을 결정한다.

그러면 사람의 욕망 가운데 가장 강한 욕망이 무엇일까? 옛날 중국 사람들은 음식 먹는 것과 남녀관계가 가장 커다란 욕망이라고 했다. 그러한 생각이 중국 고전 예기(禮記)에 있는 음식남녀(飮食男女)라는 말에 담겨 있다. '음식'과 '남녀관계'가 인간의 근본 욕망이요, 삶의 필수 조건이라는 것이다.

음식남녀(飮食男女)는 인간이 지닌 가장 강한 욕망을 가리킨다. 음식과 성은 즐거움을 주지만 생존을 이어가기 위한 절박한 행위이기도 하다. 음식과 남녀관계는 우리에게 살아가는 기쁨을 주기도 하고 우리를 슬픔과 좌절에 빠지게도 한다.

음식남녀(飮食男女)는 음식이 차려지는 식탁과 남녀가 함께 눕는 침대의 거리가 매우 가까움을 보여준다. 인간은 음식을 먹으면서 마음이 열리고 몸이 열린다. 여자와 남자는 함께 먹으면서 서로에게 다가가고 사랑의 기쁨을 누린다. 그중에 어떤 남자와 여자는 평생토록 한 식탁에서 먹고 한 침대에서 잠을 자는 관계가 되기도 한다.

음식남녀(飮食男女)의 욕망은 인간의 동물적 속성을 보여준다. 그러나 인간은 동물과 달리 사회문화적 환경 속에서 누구와 먹고, 누구와 관계를 맺고 함께 살아갈 것인지 '선택'한다. 욕망을 제어하지 못하고 함부로 발산하는 사람은 짐승의 수준으로 전락한다. 그러나 욕망을 적절히 제어하고 지혜로운 길을 선택하는 사람은 좋은 삶, 행복한 삶을 누린다.

음식남녀(飮食男女)의 세상은 음식과 남녀가 섞이고 굴러가면서 만들어내는 갖가지 사건으로 가득하다. 음식남녀의 욕망은 사랑과 갈등, 만남과 이별, 기대와 좌절, 기쁨과 슬픔, 만족과 실망이 뒤섞인 삶의 풍경을 만들어낸다.

필자는 음식을 먹는 이야기, 남자와 여자가 만나는 이야기에서 인간으로 산다는 것이 어떤 것인지 들여다보았다. 소설, 영화, 회고록, 성서에 담겨 있는 음식남녀의 욕망과 삶의 풍경을 다양한 각도에서 들여다보고 그려내었다. 일상에서 볼 수 있는 성차별과 여자의 몸에 대한 편견, 한계 상황 속에 놓인 인간에게 음식이 갖는 힘과 의미를 들려주고 싶었다. 여기에 소개되는 다양한 이야기를 읽는 가운데 우리의 편견이 깨지고, 다른 사람과 소원했던 관계가 회복되고, 삶과 세상에 대한 이해가 깊어질 수 있으면 좋겠다.

우리는 지금까지 무엇을 누구와 함께 먹었는가? 음식을 먹으면서 다른 사람과 어떤 관계를 맺고 살아왔나? 우리는 누구를 사랑했나? 사랑하고 있나? 우리의 어린 시절을 떠오르게 하는 음식은 무엇인가? 우리가 먹게 될 마지막 음식은 무엇일까?

지금까지 우리의 식탁은 즐거운 식탁이었는가? 다른 사람을 소외시키는 타락한 식탁이었는가? 사랑과 용서가 구현되는 화해와 기쁨의 식탁이었는가?

이 책이 나오기까지 여러 사람의 도움이 있었다. 매일 식탁에 마주 앉아 밥을 먹으며 평생을 보낸 아내 김형숙의 사랑과 수고를 기억한다. 이 글에 날개를 달아주어 독자들을 찾아갈 수 있게 해주신 주계수 밥북 대표님, 이슬기 팀장님 그리고 함께 수고하신 밥북 식구 여러분, 고맙습니다.

2024. 6. 이문균

차례

I

소설 속
'음식이 있는 삶의 풍경'

소설은 전에는 생각하지 못했던 방향으로 우리의 시선을 돌리게 한다. 소설을 읽으면서 우리는 전에는 볼 수 없었던 세상을 보게 되고, 깨닫지 못했던 진실을 마주하게 된다. 소설 속 세상을 통해서 우리가 살아가는 세상을 보는 눈이 더 깊어지게 된다. 앞으로 우리는 몇 편의 소설을 통해서 음식 먹는 사람들이 빚어낸 다양한 삶의 풍경을 보게 될 것이다. 그러면 우리 내면의 풍경도 달라져 있을 것이다.

1 여자의 음식 일생

〈겨울의 환(幻)-밥상을 차리는 여자〉

김채원의 소설 〈겨울의 환(幻)-밥상을 차리는 여자〉는 1989년 제 13회 이상 문학상 대상 수상작이다. 이 소설은 음식과 관련하여 여성이 겪는 성차별을 보여주는 동시에 남자를 사랑하는 여성의 가슴 떨리는 삶을 회상하는 형식으로 담담히 풀어내고 있다.

이 소설에서 화자로 등장하는 여인은 불행한 결혼생활을 마감하고 친정 엄마와 함께 그럭저럭 살아가고 있다. 어느 날 여인은 한 남자를 사귀게 된다. 남자와 여자는 이따금 만나 밥을 같이 먹고, 사랑을 나눈다. 헤어짐을 예감하는 어느 날, 남자는 여자에게 '나이 들어가는 여자의 떨림'을 한번 써보라고 한다. 남자의 말을 듣고 여자는 편지 형식으로 자기가 어떻게 살아왔는지 써 내려간다.

§음식의 일생, 여성의 일생

여성은 놀라운 존재다. 여성은 놀라운 일을 한다. 여성은 생명을 잉태하고, 태아에게 음식을 공급하고 출산 후에도 계속해서 자기 몸에서 흘러나오는 음식으로 아기를 먹인다.[01] 그리고 평생 남편과 자식을 위해 밥상을 차린다. 이것이 오랜 세월 이어진 여자의 삶이다. 이 때문에 음식은 여성적인 것으로 부호화된다.

여성의 일생과 음식의 일생은 비슷한 과정을 겪는다. 음식이 사람에게 건강과 생명을 주기 위해서 칼에 잘리고 빻아지고 뜨거운 불의 시련을 겪어야 하듯이 여성은 다른 사람을 먹이고 살리기 위해 자기 몸을 희생한다. 음식과 여성은 자신을 불살라 타자를 살린다. 이렇게 살리는 일, 살림을 위한 여성의 사름(희생)과 음식의 사름(희생)은 상징적으로 결합된다.

대한민국 현실에서 살림하는 여자, 즉 살리는 일을 하는 여자, 살림을 맡은 여자의 봉사와 희생은 정당한 대우를 받지 못하고 있다. 때로는 여성의 희생을 칭찬하지만, 더 많은 희생을 요구할 구실로 삼는다. 그동안 음식을 둘러싼 남녀 관계는 대체로 남성이 주도권을 행사하였다. 오랫동안 남자는 식품을 구입할 수 있는 돈을 관리하고 여자가 만든 식사를 평가하는 권위를 내세우며 힘을 휘둘렀다. 남자는 여자가 만든 음식을 평가하거나 혹은 특정 음식을 요구할 수 있다고 생각하였다.

---

01 도널드 밀러/윤종석 옮김, 〈천년 동안 백만 마일〉, (서울: IVP, 2010), 91.

I 소설 속 '음식이 있는 삶의 풍경'

§ 차가운 밥상, 스산한 삶

오래전에 〈더 먹고 가(家)〉라는 TV 프로그램을 보았다. 식사 초대를 받은 연기자 한고은이 따스했던 유년 시절을 회상한다.

"어린 시절 배가 고프면 엄마에게 달려갔어요. 그러면 엄마는 얼른 밥상을 차려주었죠. 저는 엄마가 차려준 밥을 먹고 놀러 나가면 됐어요. 그러나 결혼한 후 저에게 따스한 밥상을 차려주는 사람은 없어요. 밥만 먹고 일어나도 되는 밥상은 더 이상 저에게 없어요. 오늘 이렇게 잘 차려진 따뜻한 밥상을 받으니 돌아가신 친정 엄마가 생각나요."

그런데 〈겨울의 환(幻)-밥상을 차리는 여자〉에 등장하는 주인공 가혜가 기억하는 자신의 유년은 따스하지 않았다. 아버지는 딴살림을 차려서 집에 없었고 교사로 일하는 어머니의 품은 따스하지 않았다. 그녀는 자신의 유년이 따스하지 않았던 것은 엄마가 차려준 밥상 탓이라고 생각한다.

"밥상은 자신을 잡아주는 따스한 손길로 인식될 때 맛있는 밥상이 된다. 그런데 유년 시절 엄마가 차려주는 밥상은 따스하지 않았다. 밥상은 그냥 배고픔을 면하게 하는 수단이었을 뿐이다. 밥상에 대한 따스한 기억이 없는 여인의 유년은 을씨년스러웠다."

여인은 자신의 삶이 어머니의 운명을 이어받은 것 같다고 느낀다. 여인은 지금 따뜻한 밥상을 차리는 여자로 살고 있지 않다. 여인은 자신의 삶에 떨림이 없었던 것은 사랑하는 남자를 만나지 못했기 때문이며, 자신의 삶이 스산했던 것은 밥상을 따뜻하게 차려주는 여자로 살지 못했기 때문이라고 해석한다. 그녀는 밥을 짓는 부엌에 찬바람 같은 것이 돌았다고 회상한다. 그녀의 삶은 따스한 환대와는 거리가 있었다.

§밥상의 성차별

남자와 여자가 결혼하면 한 식탁에서 밥을 먹고, 한 침대에서 자고, 함께 이런저런 일을 겪으면서 살아간다. 문제의 발단은 밥을 먹는 식탁에서 일어났다. 여인이 처음 차려낸 음식에 대한 남편의 반응이 싸늘했다. 그 후 여인은 음식을 내놓을 때마다 남편의 눈치를 살피게 되었다. 그녀의 결혼생활은 포근하고 따스한 것과는 거리가 멀었다. 6년 만에 끝난 여인의 불행했던 결혼생활은 불안한 밥상 차리기의 반복이었다.

"신혼여행에서 돌아와 아침 식사 때 그(남편)는 토스트를 먹기 바랐습니다. 계란과 우유, 설탕을 넣고 휘저은 속에 빵을 담갔다가 버터로 프라이팬에 지지는 프렌치토스트를 접시에 담아 내놓자 그는 벌컥 성을 내었습니다. 그 후, 저는 음식이 잘못되면 아까우면서도 지체 없이 버렸습니다. 그것이 자신의 살림이어서 간장 한 종지, 기름 한 방

　　　　　　　　 I 소설 속 '음식이 있는 삶의 풍경'

울 아껴야 한다는 생각보다 우선 그에게 떳떳한 음식을 내놓아야 한다는 과제가 앞섰습니다."02

그 후 여인에게 음식은 가족에 대한 애정, 포근함을 주고 나누는 사랑의 밥상이 아니라 남편에게 무시당하지 않기 위해 조마조마한 마음으로 준비해야 하는 힘겨운 과제였다. 떳떳하게 내놓기 위해 만드는 음식에는 사랑이 담기지 않았다. 그녀는 아내가 아니라 하녀가 된 기분으로 음식을 내놓았다. 웬만한 음식은 차려낼 수 있는 여자였지만 여인은 밥상을 준비할 때마다 힘이 들어 숨쉬기마저 곤란했다. 남자에게 사랑받지 못하는 여자가 차려내는 밥상은 차가웠고, 그녀의 삶 역시 스산할 수밖에 없었다. 남자의 사랑을 받지 못했기 때문에, 자신을 여자로 느끼지 못했기 때문에 그녀의 삶에는 두근거림과 떨림이 없었다. 여자는 이렇게 말한다.

"저는 이제껏 마흔세 살이라는 나이가 되도록 단 한 번도 스스로를 여자로 느끼지 못했습니다. 저는 단지 여자의 흉내만을 내고 있다고 생각합니다."

---

02 김채원, 〈겨울의 환–밥상을 차리는 여자〉 (파주: 문학사상사, 2006), 24.

§ 밥상 차리는 여자의 떨림

여자의 젊음이 은은히 드러나는 서른둘의 나이, 결혼생활 6년 만에 가혜는 이혼하고 구겨진 버선처럼 되어 친정어머니에게 돌아왔다. 여인은 어머니와 함께 먹는 밥상은 전에 느끼지 못한 즐거움이었다고 회상한다

"알찌개를 한다거나 생선을 구워 남기지 않고 알뜰히 상 위의 것들을 비워나가며 텔레비전을 즐기는 저녁 시간의 안락함은 실로 이제까지 어머니와 제 인생의 어느 부분보다 빼어나게 즐거운 것이기도 합니다."

친정 엄마와 먹는 밥상이 즐거운 것은 틀림없었지만 떨림으로 이어지지는 않았다. 여인의 삶은 여전히 공허하고 재미가 없었다. 그녀는 어머니와 밥상에서 누리는 즐거움은 허위였다고 말한다. 즐겁게 먹지만 사랑을 만나지 못했기에 여인은 채워지지 않는 허기를 느꼈다. 인생이란 것이 이런 식으로 덧없이 스치고 지나가 버리는 것인가 하는 생각이 들어 마음은 여전히 허전하고 스산했다.

그렇게 무기력하게 살던 여인은 우연히 한 남자를 만난 후 달라졌다. 만나고 싶고, 그리워하는 사람이 생기자 모든 일상이 빛을 발하기 시작했다. 여인은 여전히 어머니와 함께 먹는 밥상을 차리기 위해 장으로 가고 있지만 자기 몸에 떨림과 기쁨이 배어 있음을 깨닫는다.

"만나지 않고 누군가 저기 있다는 것만으로도 저의 생활은 달라지며 매일매일 노력하게 됩니다. 손지갑을 챙겨 들고 저녁에 시장에 나

I 소설 속 '음식이 있는 삶의 풍경'

갈 때의 행동 하나만 보더라도 예전과 다릅니다. 감자를 벗기는 일, 빨래를 너는 일 하나에도. 그렇습니다. 당신이 말하는 나이 들어가는 여자의 떨림, 바로 그 떨림이 배어 있는 그런 표정과 행동이었다고 생각합니다. 무언가 조심스럽고, 남자를 그리워하는 몸짓이란 그렇지 않은 행동과 전혀 다를 것입니다."

§ 여인의 사랑과 기다림

여인은 남자를 만나고 있지만 계속해서 만날 수 없다는 현실을 받아들인다. 남자는 50이 될 때까지 만나고 60, 70이 될 때까지는 가끔 카페에서 만나 얘기를 하는 좋은 여자 친구로 지내고 싶다고 한다. 그 순간 여자는 갑자기 떠오르는 영상이 있다고 남자에게 말한다.

"할머니가 군불을 지피며 밥상을 차리는 장면입니다. 소박한 나무 상, 칠이 번쩍이지 않는 다갈색의 네모진 조그만 소반 위에 할머니는 아들의 수저를 놓고 콩자반, 무말랭이, 호박오라기 등의 밑반찬을 놓으십니다. 국이 끓고 있고 밥도 뜸이 들고 있습니다."

할머니는 전쟁 중에 몰래 온 아들을 먹이려고 따뜻한 밥상을 차려 내고, 밥을 먹고 다시 산으로 가는 아들을 바라보셨다. 그리고 할머니는 언제 올지 모르는 아들을 하염없이 기다리셨다. 여인은 할머니의 모습을 떠올리면서 사랑과 기다림으로 이어지는 것이 여자의 삶이라고 생각한다. 여자의 일생은 사랑하는 사람을 위해서 밥상을 차리고 사랑하는 사람을 하염없이 기다리는 것일지도 모르겠다고 생각한다.

§밥상 차리는 여자

싸리문 부여잡고 아들을 기다리는 할머니의 모습에서 사람들은 여성의 삶을 읽는다. 여성의 일생은 자녀를 위해 밥상을 차리고, 남편을 위해 밥상을 차리고, 밥상을 차려놓고 아들과 남편이 돌아오기를 기다리는 삶으로 채워진다. 이 소설에서 여자는 수동적 위치에 놓인다. 여자의 기다림, 여자의 상차림, 여자의 떨림은 항상 여자의 삶 너머에 존재하는 남성인 '당신'에 의해 촉발된다.

'밥상 차린다'는 말은 한국 문화, 한국인의 정서가 깊이 배어 있는 말이다. 다른 나라 말로는 적확하게 표현할 수 없는 말이다. 한국에서 여자는 평생 밥상 차리는 일에서 헤어 나오지 못하고 있다. 인터넷에서 여자들이 주고받는 말 가운데는 밥상 차리는 일의 어려움과 지겨움을 호소하는 이야기가 많다.

"그렇게 밥상 차리는 게 싫었는데
몇십 년이 지난 지금까지도

여전히 손주들 뒷바라지까지 해가며
밥상을 차리는 여자 신세라우."

"날이면 날마다 밥상 차려준 건 엄마뿐이었다."

"딸인 나는 맞벌이지만 나는 퇴근 후에 밥상을 차리는 여자다.
아침 출근 때 아내인 나는 출근보다 밥상 차리는 게 우선이다.
그러나 남편은 자기 씻을 시간만 계산해서 일어나면 그만이다."

"나는 밥상 차려주는 사람이 없다.
나만을 위해 정성껏, 아무런 대가도 바라지 않고 그냥 맛있게 먹어
주기만을 바라면서 차려내는 그런 밥 말이다."

여자들의 평생소원은 밥상 차리는 일에서 벗어나는 것이다. 여행의
즐거움을 무엇이라고 읊어대더라도 내 아내에게는 아주 중요한 한 가
지 즐거움이 더 있다. '밥상 차리지 않아도 되는 것', '그냥 차려놓은
밥을 먹기만 하면 되는 것', '밥상을 치우지 않아도 되는 것.'
　그런데 은퇴한 남편은 그동안 고생했으니 집에 들어앉아 매일 삼시
세끼 밥상 차려내기를 요구한다면 아내는 너무 억울하지 않겠는가.
아내는 밥상 차리는 일에서 언제 은퇴할 수 있을까? 요양원에 들어갈
때까지 밥상을 차려야 한다면 너무 가엾지 않은가? 아파트마다 밥상
차려주는 식당이 있으면 좋겠다.

2 헛바퀴 인생

〈구시대의 지주들〉

이 소설은 우크라이나 출신의 러시아 작가 고골(1809~1852)이 쓴 단편소설이다. 고골은 대식가이자 식도락가였다. 그렇지만 미식에 대한 죄책감에 시달렸던 고골은 생애 말년 10일간의 단식으로 자신의 삶을 마감하였다. 미식에 대한 그의 생각은 〈구시대의 지주들〉에 잘 드러나 있다. 지주 부부는 한평생 먹여주고 받아먹으면서 평화롭게 살다가 죽었다. 그게 전부다.

§ 곱게 늙어가는 선량한 부부

식사하는 모습을 보면 부부 사이가 좋은지 나쁜지 대략 알 수 있

　　　　　　　　　　I 소설 속 '음식이 있는 삶의 풍경'

다. 프랑스 사회학자이자 작가인 장 클로드 카프만은 이렇게 말한다.

"식탁에서 관계가 형성된다. 식탁에서는 그들의 현재 상태도 드러난다. 식사는 한 쌍이 얼마나 잘 지내는지를 보여주는 척도와도 같다."[03]

문화학자 발터 라임그루버(Walter Leimgruber)는 남미 인디언의 경우, 여자가 남자를 떠난다는 사실을 알리기 위한 신호는 어느 순간 남자를 위한 식사 준비를 그만두는 것이라고 한다. 남자 쪽에서는 여자가 만든 음식을 더 이상 먹지 않으면 이제 아내와 함께 살지 않겠다는 뜻을 알리는 것이라고 한다. 식사하는 모습을 보면 부부가 얼마나 잘 지내는지 알 수 있다.

〈구시대의 지주들〉에 나오는 부부는 매우 사이가 좋다. 두 사람은 평생을 사이좋게 먹으며 곱게 늙어간다. 너무나 사이가 좋은 것이 문제일 정도로 부부는 먹여주고 받아 먹으면서 평화롭게 살아간다.

그들은 선량하고 조용하다. 항상 미소를 짓고 있다. 그런데 이 부부는 선하지만 음식을 만들고 먹는 일 이외에 다른 일에는 무능하다. 그 집에서 일하는 사람들은 지주 부부의 순진함을 이용하여 집에서 떨어진 곳에 있는 지주의 삼림을 훼손하고 나무들을 팔아먹고도 탈 없이 살고 있다.

그들이 마음 놓고 주인을 속일 수 있었던 것은 주인 내외가 음식을 조리하고 먹는 것 이외에는 관심이 없었기 때문이다. 재산의 증식, 미

---

03 멜라니 뮐·디아나 폰 코프/송소민 옮김, 〈음식의 심리학〉 (서울: 반니, 2017), 64.에서 재인용.

래에 대한 걱정, 더 나은 삶에 대한 의욕이 없는 지주 부부를 속이는 것은 식은 죽 먹기였다. 풍요로운 대지가 제공해 주는 생산량이 엄청 많았기 때문에 관리인들과 하인들이 속이고 빼돌려도 그 집에는 항상 먹을 것이 넘쳐났다.

§ 먹는 것으로 채워지는 부부의 하루

"서로를 끔찍하게 위하는 노부부의 다정한 모습은 냉정한 사람마저도 미소 짓게 만들었다…. 슬하에 자식이 없었기 때문에 그들의 애정은 온전히 서로에게 집중되었다."

이 소설에 나오는 남편 아파나시 이바노비치는 예순 살, 아내 뿔헤리야 이바노브나는 쉰다섯 살이다. 이 부부의 유일한 소일거리는 먹는 일이다. 노부부는 구시대 귀족들의 오랜 습관대로 먹는 것을 굉장히 즐겼다. 그들은 한쪽이 죽을 때까지 서로 음식을 권하며 정답게 살아간다. 화자로 등장하는 사람은 이 부부의 먹는 이야기를 여러 페이지에 걸쳐 자세히 소개한다. 식사와 식사로 이어지는 이 부부의 하루를 들여다보자.

새벽 동이 트면 부부는 벌써 식탁에 앉아 커피를 마시고 있다. 커피를 마신 후에 남편은 아내에게 이제는 뭐라도 간단하게 요기를 할 때

I 소설 속 '음식이 있는 삶의 풍경'

가 된 것 같다고 넌지시 말한다. 아내가 아침 메뉴를 여러 개 제시하면 남편은 그중에서 버섯 절임이나 작은 파이가 좋겠다고 대답한다. 그러면 순식간에 식탁이 차려지고 파이와 버섯이 놓여 있다. 점심 식사 한 시간 전에 남편은 간식을 먹는다. 버섯과 말린 생선 등을 안주로 삼아 보드카 한 잔을 마신다.

정오가 되면 점심을 먹으려고 식탁에 앉는다. 식탁 위에는 옛날 요리법으로 만든 맛있는 요리가 잔뜩 차려진다. 식사하는 도중 나누는 이야기 역시 요리와 밀접하게 관련된 것들이다. 남편이 식사를 하다가 죽에서 탄 맛이 조금 난다고 하면 아내는 버터나 버섯 소스를 조금 더 넣으라고 조언한다.

점심을 먹은 후 남편 아파나시 이바노비치는 낮잠을 잔다. 한 시간 정도 지나면 아내 뿔헤리야 이바노브나가 수박 썬 것을 가지고 와 먹으라고 권한다. "자, 맛 좀 보세요. 아파나시 이바노비치. 수박 맛이 정말 좋아요." 그러면 남편은 수박을 먹고 배 몇 개를 더 먹어 치운다. 저녁 식사를 앞두고 남편은 뭐든 또 간식을 먹는다.

저녁상은 아홉 시 반에 차려진다. 식사가 끝나면 곧장 침실로 향한다. 어떤 날은 한밤중에 남편이 일어나 서성이다 신음 소리를 내기라도 하면 아내가 어디 아프냐고 걱정한다. 남편은 아내에게 배가 조금 아프다고 한다. 그러면 아내는 또 먹을 것을 권한다. "뭘 좀 먹으면 낫지 않을까요?" "신 우유나 말린 배 묽게 끓인 것을 먹어 보는 건 어떻겠어요?" 졸린 눈을 한 하녀가 내온 음식 한 접시를 먹어 치운 다음 남편은 말한다. "이제 좀 괜찮아진 것 같아요."

§유아기적 퇴행

이 부부가 사는 모습을 보면 마치 어린아이들이 소꿉장난하는 것 같다. 자녀가 없는 이 부부는 도대체 성생활 자체가 없는 것처럼 보인다. 프로이트적 관점에서 보자면 이 소설의 주인공은 성적 성숙이 미진한 유아기적 상태에 머물러 있다. 남편은 금기시된 성적 욕구를 식탁에서의 즐거움으로 보상받는 것 같다. 남편과 아내의 관계는 성생활이 아니라 주로 음식 섭취로 강화된다. 이 부부는 남편과 아내라기보다는 엄마와 아들의 관계처럼 보인다.

"(남편) 아파나시 이바노비치는 무력하고 의존적인 아이로 그려지며, 그의 리비도 표출은 성기적(성적)이기보다는 전성기적(구강적)으로 나타난다. (아내) 풀혜래야 이바노브나는 자기가 만든 음식으로 아파나시 이바노비치의 구강적 욕구를 충족시키는 모성적인 방법으로 사랑을 드러낸다…. 아내가 죽은 후 그는 홀아비라기보다는 고아가 되었고, 그는 자신을 보살피고 먹여 줄 어머니 같은 아내가 없어져 울음을 터뜨린다."[04]

---

04 로널드 르블랑/조주관 옮김, 〈음식과 성: 도스토옙스키와 톨스토이〉 (그린비 출판사, 2015), 45.

Ⅰ 소설 속 '음식이 있는 삶의 풍경'

§목가적인 환대의 삶

이 소설 속 화자는 현대화된 상트페테르부르크에서 살면서 차갑고 살벌한 인간관계에 환멸을 느끼고 있었다. 시골에서 살고 있는 지주 부부를 방문한 그는 나이 지긋한 부부와 그 가정의 목가적인 환경, 그리고 따뜻한 환대에 감동을 받는다.

이 부부는 손님 대접에 최선을 다한다. 자기 집 안에 있는 것 중 최고급의 것들을 손님에게 내온다. 손님들은 노부부의 접대에서 어떤 위선도 느낄 수 없다. 친절과 환대가 그들의 얼굴 위에 온화하게 드러난다. 아내 뿔헤리야 이바노브나가 손님에게 안주를 권할 때 모습은 정말이지 큰 구경거리다. 음식은 다양한 아픈 증세에 좋은 약으로 소개된다.

"여기 이건 톱풀과 사루비아를 담가서 우려낸 보드카랍니다. 어깨나 허리가 아픈 사람한테 무척 좋아요. 여기 이건 수레국화를 우려낸 거구요. 귓속이 울리고 얼굴에 버짐이 필 때 먹으면 좋아요. 그리고 여기 이건 복숭아씨 우린 걸 증류한 건데, 어서 한 잔 드셔 보세요. 향기가 정말 좋지요. 침대에서 일어나다가 실수로 장롱이나 책상에 머리를 받히면 바로 언제 아팠냐는 듯이 나아 버린다니까요."

여기서 끝이 아니다. 아내는 식탁에 차려진 다양한 요리를 설명하고 계속해서 요리 방법에 대해서 말하고 남편은 적절히 맞장구를 친다. 이 소설의 화자는 자기가 그 집에 방문해서 받은 환대와 음식을 떠올리면서 이렇게 말한다.

"정말 마음씨 좋은 할머니였다. 그녀는 손님들에게 온 정성을 쏟았다. 나는 노부부를 즐겨 방문했고, 그 집을 방문한 누구나 그랬듯이 엄청난 양의 식사를 했고, 그것이 내 몸에 해로운 것을 알았지만 그들을 방문하는 것이 언제나 즐거웠다."

§죽음- 먹는 일의 중단

이 두 사람의 먹는 이야기 그리고 이들이 서로 나누는 대화는 부부의 굳건한 부부애를 보여준다. 죽을 때까지 부부는 서로 의지하고 위해준다. 어느 날 죽음을 예감한 아내가 하녀장에게 남편을 잘 보살펴 달라고 당부한다. 그녀 머릿속은 평생을 함께해 온 남편, 천애 고아처럼 세상에 혼자 남겨질 불쌍한 남편에 대한 생각으로 가득 차 있다.

이 부부에게 사는 것은 먹는 일이 계속되는 것이고 죽는 것은 아무것도 먹지 않는 상태에 들어가는 것이다. 아내의 임종 장면에서도 먹는 이야기는 빠지지 않는다. 아내는 병석에 눕게 되었는데, 아무것도 입에 대지 못했다. 죽어가는 아내에게 남편이 하는 말은 먹을 것을 권하는 말이다. "혹시 뭐라도 들겠어요, 뿔헤리야 이바노브나?"

아내가 죽자 남편은 아내가 자신을 두고 떠났다는 사실에 완전히 혼이 나가 버린다. 아내 장례식을 마친 후 집에 돌아온 남편은 대성통

곡한다. 눈물이 그의 흐리멍덩한 두 눈에서 강물처럼 흘러내린다. 남편 아파나시 이바노비치는 아내를 잃은 것이 아니라 엄마를 잃은 아이다. 엄마 같은 아내를 잃은 슬픔과 절망감에 남편은 총으로 자살을 시도하지만 다행히 생명에는 지장이 없다. 다시 평온한 일상이 계속된다.

5년 후 화자가 그 집을 다시 찾았다. 모든 것이 그 전과 달라지지 않았지만 안주인의 부재가 강하게 느껴진다. 남자는 삶의 의욕을 잃은 상태로 간신히 생명을 유지하고 있다. 식사를 하지만 하녀가 준비해 제공하는 음식은 형편없다. 식사하는 도중 남자는 생전에 아내가 정성껏 마련해 대접한 음식에 대해서 이야기하다가 왈칵 눈물을 쏟는다.

얼마 후 남편도 세상을 떠났다. 아내가 자신을 부르는 소리를 들었다고 생각한 후 시름시름 힘이 빠지더니 죽었다. 아내와 함께 묻어 달라는 말을 남기고 남자도 세상을 떠났다. 유언에 따라 그의 시신은 교회 옆 뿔헤리야 이바노브나 무덤에서 가까운 곳에 안장되었다.

§헛바퀴 음식남녀

이 소설은 아름다운 부부애를 보여준다. 어쩌면 부부가 그렇게 오래도록 서로를 끔찍하게 위해주며 살 수 있었을까. 부부는 서로 의지하고 보살펴 준다. 아내는 죽는 순간까지 남편을 걱정한다. 남편은 죽을 때까지 아내를 잊지 못한다. 아내가 만들어 준 음식을 잊지 못한다. 죽어서도 함께 있기를 원한다. 모두가 부러워할 부부의 모습이다.

작가 고골은 이 소설에서 무엇을 말하려고 했을까? 작가는 죽을 때까지 서로 사랑하면서 살다 간 부부를 칭찬하려고 이 소설을 썼을까? 그 부부가 음식을 먹고 먹이면서 다정하게 살아가는 모습이 보기에는 좋지만 뭔가 부족하다는 생각이 든다. 왜 그런 생각이 들까? 이들 부부는 서로 먹이고 받아먹고 사는 것 외에는 아무런 관심이 없어 보이기 때문이다. 다정한 비둘기 한 쌍을 보는 것 같다고 할까? 이 부부의 삶은 앞으로 나아갈 줄 모르는 채 헛바퀴만 돌리고 있는 주저앉은 인생을 보여주고 있다.

19세기 러시아의 리얼리즘 작가들은 정신을 발전시키고 영혼을 고양하는 것보다 배를 채우는 것이 더 중요하다고 여기는 속물들의 진부한 삶을 비난하기 위해 먹고 마시는 즐거움을 소설의 소재로 사용하였다. 고골 역시 〈죽은 혼〉과 〈구시대의 지주들〉에서 속물성과 우둔한 정신을 음식 먹는 이야기로 풀어놓았다. 도시적 삶에 지친 사람들에게 이 부부가 보여주는 구시대의 목가적인 분위기는 삶에 대한 향수를 불러일으키지만 그렇다고 퇴행적인 삶을 좋게 볼 수는 없다.

석영중 교수는 이 소설을 읽은 후 이 부부의 평화로운 삶이 끔찍하게 느껴진다고 하면서 그 이유를 두 가지로 정리한다. 첫 번째 이유는 오로지 먹는 일만이 그들 삶의 전부이기 때문이다. 음식의 범속성은 그들의 삶에서 극한에 이른다. 그들 사이에는 자식도 없고 해야 할 일도 없고, 하고 싶은 일도 없다. 이 부부는 서로 바라보고 산다. 이들에게는 함께 바라보아야 할 목표가 없다. 식재료를 다듬고 말리고 졸이고 절이고 지지고 볶고 삶는 것, 그것을 먹여주고 먹고 소화하고 배설하는 것. 이것이 이 부부가 평생 동안 한 일의 전부다.[05]

두 번째 이유는 불변과 부동의 모티프 때문이다. 소설에서 그려지는 세계는 전혀 움직임이 없는 세계, 마치 고인 물처럼 썩어가는 세계, 반복과 습관과 무위와 불변에 함몰된 세계다. 두 사람은 마치 남남처럼 상대방에게 깍듯이 존칭을 쓴다. 아내는 큰 소리로 웃는 법이 없고 두 사람 사이에 오가는 대화는 거의 음식과 관련된 것뿐이다.

남편은 아내가 죽기 전이나 후나 똑같이 '아무런 생각이 없이' 먹고 마시고 살 뿐이다. 그의 삶 전체는 하나의 거대한 습관, 먹고 마시고 잠을 자는 일상이 죽음의 순간이 올 때까지 끝없이 반복된다. 두 사람은 성장하지 못하고 유아처럼 먹고 싸고 앉아서 뭉개며 살았다. 노부부가 타고 있는 삶의 수레바퀴는 앞으로 나아갈 줄을 몰랐다. 부부의 삶에는 목표도 없고 성장도 없었다. 지주 부부의 인생은 그 자리에서 돌기만 하는 헛바퀴 인생이었다.

---

05 석영중, 〈러시아 문학의 맛있는 코드〉, (고양: 위즈덤하우스, 2016), 174-175.

§ 어떻게 살까?

이 부부의 모습은 마치 에덴동산에서 타락하기 이전, 선악과를 따 먹기 이전의 아담과 하와를 보는 것 같다. 창세기에 보면 에덴동산에는 '생명나무'와 '선악을 알게 하는 나무'가 있었다. 두 나무는 인간의 한계를 보여준다. 인간은 영원히 살 수 없는 존재이고, 모든 것을 알 수 있는 존재가 아니라는 사실을 확인시켜 준다.

그렇지만 하나님은 인간에게 선택의 자유, 의지의 자유를 주었다. 인간은 한계 속에서도 동산의 수많은 나무의 열매를 마음대로 따 먹을 수 있게 하였다. 인간은 자신의 한계를 받아들여야 하지만 동시에 자신에게 주어진 자유를 행사하여 더 나은 삶으로 성숙해야 한다는 것이다.

선악과를 따 먹은 행위는 순진무구한 인간이 자기를 실현하고 스스로 서려는 의지의 실행이다. 처음 사람은 자기에게 주어진 자유를 행사하여 순진무구한 상태를 깨뜨림으로 자기 삶을 스스로 결정하였다. 처음 사람은 순수의 상태를 포기하고 자기 의지를 따라 독립을 추구하였다. 죄에 휘말린 현실적 인간이 된 것이다.

그러나 〈구시대의 지주들〉에 나오는 부부는 에덴동산의 유아기적 순수한 상태에 머물러 있었다. 이 부부가 누리고 있는 순수하고 평화로운 삶을 비난할 수는 없다. 현대적인 도시 상트페테르부르크에서 살면서 인간관계가 공생보다는 탐욕에 의해 이루어지고, 더 많이 갖고 더 높이 오르려는 욕망 때문에 평화와 안정이 파괴되는 현실을 경험한 화자가 이 부부의 삶을 아름답게 보고 부부의 목가적인 삶을 긍정적으로 보는 것은 충분히 이해할 만하다.

그러나 앞에서 지적했듯이 사람이 나이가 들어도 유아적인 순수의 상태에 머물러 있는 것은 바람직하지 않다. 자녀가 자기 의지를 고집하면서 갖가지 유혹에 휘말려 타락하는 것도 문제이지만 어른이 되어서도 어린아이 같은 미성숙한 상태에 있는 것도 문제다.

〈구시대의 지주들〉에 나오는 부부는 어린 시절의 순수한 세계에 머물려고 하는 소녀처럼 자신들에게 주어진 한계 속에서 조용히 착하게 살았다. 문제는 자신에게 주어진 자유를 가지고 앞으로 나아가려고 하지 않았다는 점이다. 사람은 선량하게만 살면 되는 것이 아니다. 오직 먹는 일에만 집중하면서 서로 사랑하며 선량하게 사는 것은 바람직한 인생이 아니다. 고인 물처럼 조용히 썩어가는 이 부부의 삶에는 분투와 성장이 없었기 때문에 좋은 삶이라고 할 수 없다.

이 부부의 인생 수레는 앞으로 나아가야 했다. 더 넓은 세계와 부딪치고 타협과 용서를 배우고 더 단단해져야 했다. 더 나은 목표와 과제를 이루기 위해서 결단하고 행동해야 했다. 그렇게 미래를 향해 나아가다 보면 마음 상할 때도 있고, 다른 사람과 다툴 때도 있을 것이다. 죄를 지을 때도 있을 것이다. 그렇지만 사람은 그런 경험을 통해서 세상을 알고 자신을 볼 수 있게 되고 더 성숙하게 된다. 인생의 수레바퀴는 실수하고 넘어지더라도 다시 일어나 앞으로 나아가야 한다. 그것이 인생이다.

3 가부장 문화의 폭력성과 육식

〈채식주의자〉

한강의 소설 〈채식주의자〉는 2016년 '맨부커상 인터내셔널'을 수상한 작품이다. 맨부커상 심사위원들은 "한 평범한 여성이 자신의 집과 가족, 사회를 묶는 관습을 거부하는 과정을 간결하고 아름다운 이야기로 담아냈다"고 선정 이유를 밝혔다. 작가는 이 소설을 "인간의 폭력성을 거부해 식물이 되려는 여자의 이야기"라고 했다.

〈채식주의자〉는 〈몽고반점〉과 〈나무불꽃〉으로 이어지는 연작 소설의 첫 권으로, 채식을 고집하는 아내와 그런 행동을 비정상으로 치부하는 남편 그리고 가족 및 사회와 대립하고 저항하다가 파국을 맞는 여인을 보여준다.

§ 밥상과 침대

〈채식주의자〉에서 남편은 어느 날 갑자기 육식을 거부하는 아내 영혜를 이해할 수 없었다. 아내의 급작스러운 변화를 용납할 수 없었다. 채식을 고집하는 것은 평온했던 가정의 질서를 파괴하는 행위라는 것이다. 그렇다고 해서 남편이 유별나게 완고하거나 폭력적인 사람은 아니었다. 그는 가부장 문화에서 길러지고 자란 평범한 남자다. 그는 다른 남자들과 비슷하게 평범한 직장인으로 살고 있다.

결혼 전 남자는 아내 될 사람이 그냥 무난한 여자이기를 바랐다. 그는 아내로서 기본적인 것만 해 주면 된다고 생각했다. 남자가 여자에게 기대하는 기본적인 것, 그것은 밥상을 차려내고 침대에서 성적인 파트너가 돼 주는 것이었다.

밥상과 침대, 음식과 성은 별개의 영역이지만 인간에게 이 두 가지는 떼려야 뗄 수 없는 관계다. 그것은 모든 인간이 갖고 있는 기본적인 욕구다. 남편은 그 기본적인 욕구를 채우기 위해 아내와 결혼했다. 다행스럽게도 아내는 남자가 기대했던 대로 밥상 차려내는 일을 잘해 주었다.

"내 기대에 걸맞게 그녀는 평범한 아내의 역할을 무리 없이 해냈다. 아침마다 여섯 시에 일어나 밥과 국, 생선 한 토막을 준비해 차려주었고, 처녀 시절부터 해온 아르바이트로 적으나마 가계에 보탬도 주었다."[06]

---

06 한강, 〈채식주의자〉 (파주: 창비, 2007), 10-11.

아내는 침대에서도 아내의 역할을 잘했다. 남편의 요구에 스스럼없이 몸을 열어주었다. 때로는 먼저 남편의 몸을 더듬어 올 때도 있었다. 그렇게만 살았다면 두 사람 사이에 무슨 문제가 있었겠는가. 그런데 어느 날 아내가 이상해졌다. 더 이상 남편과 부부관계를 하려 하지 않았다. 이제는 남편의 손이 어깨에 닿는 것도 싫어한다.

§ 꿈속의 육식

영혜가 육식을 거부하는 것은 다이어트를 위해서나 종교적인 이유 때문이 아니었다. 그러면 왜? 고기도 잘 먹고, 침대에서 남편의 요구에 잘 응하던 여자가 어느 날 갑자기 육식을 거부하고 남편에게 곁을 주지 않게 되었을까? 영혜는 꿈 때문이라고 말했다.

겨울철 어느 날 아침, 남자가 부엌에 갔더니 아내는 냉장고에 저장해 두었던 소고기, 돼지고기, 닭, 냉동 만두 등 수많은 꾸러미를 바닥에 늘어놓고 그것들을 쓰레기봉투에 담고 있었다.

지금 제정신이냐고 고함치는 남자에게 아내는 침착한 어조로 말했다. "꿈을 꿨어." 여자는 자신이 꿈에서 본 것을 독백하듯 말했다. 얼어붙은 계곡을 하나 건너서 헛간 같은 건물에 들어갔다고 한다.

"수백 개의, 커다랗고 시뻘건 고깃덩어리들이 기다란 대 막대들에 매달려 있는걸. 어떤 덩어리에선 아직 마르지 않은 붉은 피가 떨어져 내리고 있었어. 끝없이 고깃덩어리들을 헤치고 나아갔지만 반대쪽 출구는 나타나지 않았어. 입고 있던 흰옷이 온통 피에 젖었어…"

여자는 계속해서 꿈에서 본 자신의 모습을 이야기한다. 자기 손과 입에 피가 묻어 있었다고 한다.

"나는 떨어진 고깃덩어리를 주워 먹었거든. 내 잇몸과 입천장에 물컹한 날고기를 문질러 붉은 피를 발랐거든. 헛간 바닥, 피 웅덩이에 비친 내 눈이 번쩍였어.

그렇게 생생할 수 없어. 이빨에 씹히던 날고기의 감촉이. 내 얼굴이. 눈빛이. 처음 보는 얼굴 같은데, 분명 내 얼굴이었어. 아니야, 거꾸로, 수없이 봤던 얼굴 같은데, 내 얼굴이 아니었어. 설명할 수 없어. 익숙하면서도 낯선…. 그 생생하고 이상한, 끔찍하게 이상한 느낌을."

여자가 육식을 거부하는 이유가 그날 밤 피가 낭자한 고기가 걸려 있는 꿈을 꾼 때문이라고 했지만 그런 꿈을 꾸게 된 원인은 남자 때문이었다. 가깝게는 남편 때문이었고, 더 오랜 원인으로는 아버지 때문이었다. 결국 여자가 육식을 거부한 것은 남편과 아버지를 포함한 남성의 가부장적 질서 안에 더 이상 머물지 않겠다는 결심을 드러낸 것이었다.

그 꿈을 꾼 이후 아내는 채식 위주의 식탁을 차렸다. 아내가 차린 식탁은 상춧잎과 된장, 쇠고기도 조갯살도 넣지 않은 말간 미역국, 김치가 전부였다. 남자가 냉동실 문을 열어보니 텅 비어 있었다. 미숫가루, 고춧가루, 얼린 풋고추, 다진 마늘 한 봉지가 들어 있을 뿐이었다. 불평하는 남편에게 아내는 아침 한 끼 고기 안 먹는다고 죽지 않는다고 한다. 아내는 앞으로 자신은 평생토록 고기를 먹지 않겠다고 선언한다. 육식 거부로 나타난 여자의 독립선언이다.

§ 폭력적 가부장 문화 속의 여자

여자가 거부한 것은 육식으로 대표되는 폭력적 삶의 방식이었다. 육식으로 대표되는 가부장 문화, 남성 위주의 가치관이었다. 여자가 육식을 거부한 것은 아침에 고기를 썰다가 일어난 사건 때문이었다. 그날 남편이 자신에게 보인 태도에서 여자는 자기 존재가 상실되는 것을 느꼈다. 여자는 그날 일을 남편에게 이야기한다.

"그 꿈을 꾸기 전날 아침 난 얼어붙은 고기를 썰고 있었지. 당신이 화를 내며 재촉했어. '제기랄. 그렇게 꾸물대고 있을 거야?'"

화를 내는 남편의 재촉에 여자는 정신을 못 차리고 허둥지둥하다가 손가락을 베었다. 도마가 앞으로 밀리는 바람에 식칼의 이가 나갔다. 붉은 핏방울이 빠르게 피어나고 있었다. 여자는 허겁지겁 불고기를 식탁에 올려놓았다. 남편이 고기를 씹더니 칼 조각을 뱉어냈다. 화가 난 남편은 그냥 삼켰으면 어쩔 뻔했냐고, 죽을 뻔했다고 질책했다.

여자는 남편의 질책을 들으면서 자신의 세계가 뒤집혀 지는 경험을 한다. 아내는 그 순간을 이렇게 표현하였다.

"나를 둘러싼 모든 것이 미끄러지듯 밀려 나갔어. 식탁이. 당신이. 부엌의 모든 가구들이. 나와, 내가 앉은 의자만 무한한 공간 속에 남은 것 같았어."

그동안 여자는 밥상을 잘 차려내고, 아내로서 남편의 육체적인 요구에 잘 응했다. 그런데 그날 아침 여자는 아내라는 자리가 사실은 아무것도 아님을 알았다. 여자는 자신이 남편의 요구를 맞춰주기 위해 밥상을 차리는 존재, 남편의 요구에 몸을 여는 존재, 남편의 부속물에 불과한 존재임을 절감했다.

봄이 올 때까지 아내는 계속 육식을 거부했다. 남편은 채식 위주의 아침 밥상에 대해 더 이상 불평하지 않았다. 아내의 몸은 말라가고 피부는 핼쑥해졌다. 밥상의 변화는 침대의 변화로 이어졌다. 아내는 더 이상 남편과 성관계를 하지 않으려고 했다. 아내는 남편의 손이 어깨에 닿기만 해도 조용히 몸을 피했다.

이유를 묻는 남편에게 아내는 냄새가 나서 그렇단다. 남편의 몸에서, 땀구멍 하나하나에서 고기 냄새가 난다는 것이다. 여자는 남자의 땀구멍 하나하나에서 가부장제의 폭력을 느낀 것이다.

§ 폭력적인 가부장 문화에 저항하는 여자

폭력이 지배하는 가부장 문화는 다른 사람의 유별난 음식 취향을 용인하지 않는다. 우리나라는 어디를 가든지 육식은 당연하고 자연스러운 것으로 받아들여지고 있다. 육식을 거부하면 별난 사람으로 취급받는다. 그러므로 어느 식사 자리에서 육식을 하지 않는다는 말을 꺼내는 것은 일종의 도전이나 비난으로 받아들여진다.

영혜가 채식만 하겠다고 선언하면서 영혜는 더 이상 사회 구성원의 일원으로 받아들여지지 않았다. 그녀는 사회로부터 철저하게 타자로 취급받아 고립되었다. 채식하겠다는 영혜의 선택은 단순히 개인의 문제로 끝나는 것이 아니라 사회가 오랫동안 지켜온 삶의 원칙을 흔드는 행위로 간주되었다.

영혜는 점점 극단적인 행동을 한다. 브래지어를 하지 않았으며 집에서는 아예 웃옷을 입지 않고 지내기도 했다. 죽여야 하는 폭력적인 삶을 혐오하고 죽이지 않아도 되는 삶을 바라면서 여자는 이렇게 독백한다.

"내가 믿는 건 가슴뿐이야. 난 내 젖가슴이 좋아. 젖가슴으론 아무 것도 죽일 수 없으니까. 손도, 발도, 이빨과 세 치 혀도, 시선마저도, 무엇이든 죽이고 해칠 수 있는 무기잖아. 하지만 가슴은 아니야. 이 둥근 가슴이 있는 한 난 괜찮아. 아직 괜찮은 거야. 그런데 왜 자꾸만 가슴이 여위는 거지. 이젠 더 이상 둥글지 않아. 왜지. 왜 나는 이렇게 말라가는 거지. 무엇을 찌르려고 이렇게 날카로워지는 거지?"[07]

아내가 육식을 거부하고 남편과의 육체적 관계를 거부한 것은 앞으로 더 이상 남편의 일방적인 지배를 받지 않겠다는 몸짓이었다. 영혜는 남자라는 육식이 지배하는 가부장적 세상에서 조용히 물러났다. 채식 재료로만 음식을 만들고, 집안을 정돈하는 등 가사 일을 조용히 하지만 여자는 딴 세상 사람처럼 살았다. 여자는 딴 세상에 있는 사람이기에 남편을 비롯하여 세상 사람들의 눈길이나 말에 신경을 쓰지 않았다.

§ 채식주의를 고수하는 여자에 대한 세상의 폭력

영혜가 채식주의자가 되겠다고 선언하자 그녀는 남성 중심 사회에서 고립되었다. 사람들은 채식주의를 고집하는 것을 단순히 개인의 문제로 봐주지 않았다. 그녀의 결정은 사회가 오랫동안 지켜온 삶의 원칙을 흔드는 일탈 행위로 간주되었다.

영혜를 공동체를 파괴하는 사람이라고 비난하고 억압하는 세상의 폭력성은 혈연 공동체 속에서도 드러난다. 아버지는 사랑이라는 이

---

07 한강, 〈채식주의자〉 (파주: 창비, 2007), 43.

름으로 영혜에게 폭력을 행사한다. 영혜에게 가해지는 식구들의 폭력은 사회적 관계에서보다 더 잔인한 형태를 보인다. 육식에 대한 아버지의 집착은 식성과 권력의 관계를 보여준다. 아버지는 영혜를 육식 구조에 편입시킴으로 남성 중심적 구조를 정당화하고 지속시키려고 한다.

가족 식사 모임이 있었다. 잘 차려진 식탁이지만 다른 사람과 달리 영혜는 밥과 김치만 먹는다. 어머니가 권하는 굴무침을 거부하면서 간단히 말한다. "저는, 고기를 안 먹어요." 결국 보다 못한 친정아버지가 나선다. 탕수육을 여자의 얼굴에 들이밀었다. "다 널 위해서다. 그러다 병이라도 나면 어쩌려고 그러는 거냐." 아버지의 젓가락을 여자는 한 손으로 밀어내며 말한다. "아버지, 저는 고기를 안 먹어요." 아버지가 딸의 뺨을 때린다. 성질이 난 아버지는 딸의 입에 탕수육을 욱여넣는다. 여자는 으르렁거리며 탕수육을 뱉어낸다. 짐승 같은 비명이 여자의 입에서 터져 나온다. 현관 쪽으로 달아나는가 싶더니 교자상에 놓여 있던 과도를 집어 들고 손목을 긋는다. 여자의 손목에서 피가 분수처럼 솟구친다. 남성 중심적 구조에 동화된 여성인 어머니는 모성이란 이름으로 권력에 순응할 것을 영혜에게 강요한다.

영혜에게 육식은 가부장적 문화의 폭력성을 상징한다. 그녀가 어렸을 때 아버지가 육질을 부드럽게 한다며 개를 오토바이에 매달고 죽을 때까지 끌고 달린 후 개고기 파티를 열었던 일이 있었다. 영혜는 그 고기를 받아먹은 어린 시절을 악몽처럼 기억한다. 거품 섞인 피를 토하며 자기를 바라보던 두 눈을 기억하면서 그때는 정말 아무렇지도 않았다고 회상한다. 그 사건에 대한 기억은 자신 안에 도사린 폭력성을 깨닫게 했으며 자신도 육식의 폭력성에 동참했다는 죄의식을 심어 주었다. 그렇기에 아버지가 강제로 고기를 먹이려 하자, 칼로 손목을 긋는 자해를 할 정도로 강력하게 저항한 것이다.

육식의 폭력이 지배하는 세상에서 영혜는 더 이상 육식을 거부하는 인간으로는 살 수 없다고 생각한다. 자신은 이제 인류의 일원이 아니라고 여긴다. 그렇다면 자신이 식물이 되는 수밖에 없다고 생각한다. 영혜는 '세상의 모든 나무들은 형제자매' 같다고 말한다. 나무가 되면 고기를 먹지 않아도 된다고 생각한다. 그런 생각으로 영혜는 모든 음식을 거부한다. 영혜는 자신이 식물이 되는 중이라고 믿는다.

§ 음식과 사회관계

비극이다. 가부장적 위계질서에 저항하던 여자 영혜는 가정과 사회에서 밀려나 거의 폐인이 되었다. 남성 위주의 폭력적 억압에 순응하지 않으려는 여자의 조용한 저항은 용납되지 않았다. 다른 사람의 식습관을 존중하지 않고 길들이려 하는 힘 있는 자의 집요함이 여자를 절망에 빠뜨렸다. 여자는 무엇을 먹고 안 먹느냐로 사람을 판단하고 배척하는 억압적인 가부장적 사회에서 나무가 될 수밖에 없었다.

사람은 음식을 먹지 않고는 살 수 없다. 음식은 생리적으로나 사회적으로 우리 생활의 중심을 이룬다. 사람은 마음이 맞는 친구와 음식을 먹으면서 맛을 즐기고 사귐의 기쁨을 누린다. 식사하면서 자신의 마음을 열고 상대방의 이야기에 공감하면서 낯선 사람과 친구가 되기도 한다. 맛있는 음식을 먹으면 행복감을 느끼기 때문에 식사는 긍정적인 인간관계를 만드는 훌륭한 방법이다. 그렇지만 사이가 나쁜 사람과 식사를 하면 음식을 같이 먹는 것은 전혀 즐겁지 않다. 아니 고통스럽고 불편하다. 때로는 식사 자리가 싸움의 발단을 제공하기도 한다. 때로는 특정한 음식에 대한 금기 때문에 관계가 어색해지거나 틀어지기도 한다.

어떤 사회에서는 개나 원숭이는 먹으면 안 되는 음식이다. 종교적 계율이 어떤 음식은 먹을 수 없다고 정하기도 한다. 그 계율은 법 이상의 힘으로 사회 구성원을 지배한다. 그래서 어떤 음식은 그가 어떤 나라 사람인지, 어떤 종교를 믿는 사람인지 구별하는 표가 되기도 한다.

안영옥은 〈돈키호테를 읽다〉라는 책에서 이 문제를 잘 설명해 주고 있다. 돈키호테의 작가 세르반테스는 개종한 유대인의 후손이었다. 그런 신분 때문에 그는 로마 가톨릭교회의 혹독한 손길에서 벗어나기 위해 자신이 기독교인임을 의식적으로 강조해야 했다. 유대인에게 허용되지 않는 음식을 의식적으로 먹어야 했다. 세르반테스는 자신이 겪는 문제를 자기 작품에 그대로 반영하였다.

돈키호테에 나오는 인물들은 이교에서 금지하는 음식을 일부러 먹음으로써 자신이 이교도가 아님을 공개적으로 드러낸다. 기독교로

I 소설 속 '음식이 있는 삶의 풍경'

개종한 무어인 리코테는 풀밭에 준비해 온 음식을 올려놓는다.

"외국인 순례자들은 시위하듯 다른 음식들과 함께 돼지고기를 내놓는다. 거기에 리코테가 커다란 포도주 부대를 꺼내자 그들은 그것들을 천천히, 아주 맛있게 먹기 시작한다."[08]

당시 스페인에서 돼지고기란 기독교인임을 여실히 드러내 보일 수 있는 보증서였다. 리코테는 술을 금하는 무슬림 관습에 상관없이 다른 순례자들보다 더 많은 술을 마시기도 한다. 이러한 내용을 통해 세르반테스는 등장인물이 무어인도 유대교인도 아님을 증명하기 위해 돼지고기를 먹게 한다. 그런 장면을 통해 그는 기독교인임을 증명하는 물건이 한낱 돼지고기라는 사실이 얼마나 우스꽝스러운지 보여 주었다.

§건강한 공동체를 위하여

전통 사회는 사람이 무엇을 먹느냐에 따라 사람을 판단하고 수용하거나 배척하였다. 지금도 이슬람교나 유대교는 특정한 종류의 음식, 특정한 방식으로 조리된 음식만을 먹을 수 있도록 허용한다. 그러

---

08 안영옥, 〈돈키호테를 읽다〉 (파주: 열린책들, 2016), 236.

나 민주화된 사회는 음식에 대하여 열린 태도를 보인다. 식품에 대한 기호가 사람마다 다르다는 것을 인정한다. 채식주의자, 특정 음식에 알레르기가 있는 사람, 금기 음식을 거부하는 종교인의 입장을 인정하고 배려한다. 각자의 식습관, 좋아하거나 피하는 음식에 대해서 비난하거나 판단하지 않는다. 항공사는 승객이 어떤 음식을 먹지 않는지 묻고 그가 원하는 식사를 제공하려고 노력한다. 식사를 준비하는 집주인이 초청한 손님이 어떤 음식을 먹지 않는지 사전에 숙지하는 것은 서구 사회에서는 의무처럼 되어 있다고 한다.

우리는 함께 식사하는 사람들의 식습관을 존중해야 한다. 다른 사람이 어떤 음식을 거부하는 것에 대해서 비판하거나 강요하지 말아야 한다. 그러나 특정한 음식을 먹지 않는 사람도 다른 사람이 선호하는 음식에 대해서 부정적으로 평가하지 않으려는 마음을 갖는 것이 좋다.

지금부터 2,000년 전에 살았던 바울은 종교적인 이유로 고기를 먹어도 되느냐 안 되느냐 하는 문제에 휘말렸다. 그는 교회 지도자로서 특정한 음식을 먹는 문제에 대한 자신의 생각을 이야기해야 했다. 그는 기본적으로 음식에 대해서 열린 생각을 갖고 있었다. 제사에 사용된 고기를 먹어도 된다고 생각했다. 그렇지만 특정한 음식을 먹는 것을 꺼리는 사람에 대해서 자기처럼 자유로운 태도를 가져야 한다고 주장하지 않았다. 그의 음식에 대한 견해와 태도에서 우리는 삶에 대한 지혜로운 태도를 배울 수 있다.

① 인간에 대한 존중. 인간에 대한 존중이 먼저다. 고기를 먹는 사람

은 먹지 않는 사람을 업신여기지 말고 먹지 않는 사람도 먹는 사람을 비판하지 말아야 한다. 우리는 모두 하나님의 자녀이기 때문이다.

② 사랑의 원칙. 음식 문제에도 사랑의 원칙이 적용되어야 한다. 음식에 대한 나의 지식보다 더 중요한 것은 상대방의 유익이다. 먹는 문제에서 먼저 고려해야 할 사람은 가난한 사람, 신앙이 약한 사람이다. 그런 사람이 식사에서 소외되거나 음식 문제로 상처를 받지 않게 해야 한다.

③ 공동체의 유익. 고기를 먹든지 안 먹든지 그것보다 더 중요한 것은 공동체가 건강해지는 것이다. 공동체가 건강을 유지하려면 음식 문제로 상대방을 힘들게 하거나 음식 문제로 소외되는 사람이 없어야 한다.

4 날씬한 몸에 대한 우리 사회의 강박증

〈다이어트의 여왕〉

백영옥 작가가 쓴 〈다이어트의 여왕〉은 날씬해질 것을 강요하는 세상에서 다이어트를 위해 처절하게 애를 쓰는 여자의 이야기를 담고 있다. 2009년에 출간된 이 소설은 다이어트하는 여성의 이야기를 통해서 날씬한 몸매에 대한 우리 시대의 강박증을 보여주고 있다.

§ 우리 시대의 몸

제스 베이커는 우리 시대에 몸이 어떤 기능을 하는지, 어떤 의미를 갖는지 다음과 같이 말했다.

"몸은 우리가 대중에게 내보이는 설치 미술이다. 몸은 주위 사람들

I 소설 속 '음식이 있는 삶의 풍경'

이 우리에게서 처음으로 받는 메시지다. 몸은 세상 속에서 우리의 자리를 맡아주는 신체적 책갈피다. 몸은 우리라는 사람을 담는 숭고한 집이다. 몸은 친절한 성격, 재능, 열정과 마찬가지로 우리의 일부다. 우리는 껍데기만으로 존재하는 건 아니지만 그 껍데기 역시 우리의 존재에서 핵심적인 부분이다."[09]

우리 사회에서 몸은 건강과 미적 관념을 통해 해석되고 있다. 다이어트는 허리둘레의 늘어남과 같은 미용과 질병에 대한 해결책으로 제시된다. 몸으로 표현되는 외모와 몸매는 그 사람의 됨됨이와 인격을 보여주는 것으로 인식된다. 그래서 사람들은 몸을 관리하는 데 집착한다. 특히 여성들은 날씬한 몸이 성적 매력을 보여준다고 생각하여 날씬한 몸매를 만들기 위해 고생을 마다하지 않는다.

§ 날씬한 몸매와 뚱뚱한 몸매

몸은 쾌감을 경험하는 통로이자 자신을 표현하는 도구다. 맛있는 음식을 먹으면서 우리 몸은 쾌감을 느낀다. 적절한 음식 섭취는 살아 있는 기쁨을 누리게 하고 건강하고 매력적인 몸을 유지하게 해준다.

---

09 제스 베이커/박다솜 옮김, 〈나는 뚱뚱하게 살기로 했다〉 (서울: 웨일북, 2017), 24-25.

그러나 무절제하게 음식을 섭취하면 몸은 뚱뚱한 몸매를 세상에 드러낸다. 그래서 사람들은 건강하고 날씬한 몸매를 유지하기 위해 식사의 즐거움을 억제하고 다이어트에 힘쓴다.

그러나 적절하게 먹는다는 것이 말처럼 쉽지 않다는 것이 문제다. 다이어트를 하는 것이 어렵기 때문에 꾸준히 다이어트를 하여 건강하고 매력적인 몸을 유지하는 사람은 참을성, 결단력이 뛰어난 사람으로 평가받는다. 그래서 다이어트가 품성과 도덕성의 문제로 인식되고 있다. 그래서 데버러 럽턴은 우리 사회에 널리 퍼진 인식에 대해서 이렇게 말한다.

"건강의 획득과 유지가 하나의 도덕적 성취로 인식되는 것과 마찬가지로, 날씬한 몸의 획득은 자기 통제와 극기라는 특권 있는 가치를 상징한다. 날씬한/매력적인 몸은 건강하고 정상적인 몸으로 해석되고, 엄격한 자기 규율을 행사하고 있음을 확실하게 보여주는 증거이다. 그와 대조적으로 뚱뚱한/추한 몸은 건강하지 못하고 비정상적이고 통제력을 결여하고 있는 것으로 인식되고, 도덕적 실패의 증거이다."[10]

---

[10] 데버러 럽턴/박형신 옮김, 〈음식과 먹기의 사회학-음식, 몸, 자아〉 (파주: 한울, 2015), 265-266.

I 소설 속 '음식이 있는 삶의 풍경'

§ 실연과 폭식

소설 〈다이어트의 여왕〉은 뚱뚱한 여자의 아픔과 좌절을 보여주고 있다. 같이 뚱뚱해도 우리 사회는 특히 뚱뚱한 여자에 대해 더 가혹하다. 자기 관리를 제대로 못 하는 여자, 장애를 가진 여자로 낙인찍는다. '음식남녀'라는 말에는 음식을 먹는 쾌락과 남녀가 누리는 사랑의 쾌락이 가장 커다란 욕망이라는 생각이 담겨 있다. 그런데 주인공 연두는 불어난 몸매 때문에 어느 날 정민에게 이별을 통보받았다. 연두는 '음식 쾌락' 때문에 '남녀 쾌락'을 포기해야 했다. 그녀는 떠나간 사랑을 애도하며 음식을 더 퍼먹었다.

§ 우리 헤어지자

"우리 헤어지자." 이 말로 소설 〈다이어트 여왕〉은 시작된다. 애인으로부터 헤어지자는 말을 들었을 때 어떤 반응을 보여야 할까? 뭐라고 말해야 할까? 연두는 한참 동안 말을 하지 못했다. 아니 어떤 말을 해야 할지, 어찌해야 할지 아무 생각도 할 수 없었다. 자신의 뚱뚱한 몸매 때문에 언젠가 이별을 통보받을지 모른다는 생각은 했었다. 하지만 막상 그 일이 벌어지자 연두는 정신을 수습할 수가 없었다. 대답을 요구하는 남자에게 그냥 수동적으로 간신히 말했다. "그래, 헤어져."

그 후 연두는 자기 연민에 빠져 아이스크림을 마냥 퍼먹었다.

"한입 물면 혀를 적시고, 두 번째부턴 짜릿한 마비를 일으키는 다디단 음식들, 이별의 아픔은 그렇게 잊어가는 게 마땅하다. 울고, 짜고, 통곡하다가 조용히 냉장고로 달려가 숟가락으로 아이스크림을 퍼먹는 것이야말로 내가 알고 있는 가장 전통적인 이별의 수순이었다."[11]

§ 자기 몸을 혐오하거나 사랑하는 법을 배우거나

연두는 그런 반응밖에 할 수 없었을까? 제스 베이커는 몸매를 이유로 애인에게 차인 사람은 둘 중에 하나를 선택해야 한다고 말한다. "계속 내 몸을 혐오하거나, 내 몸을 사랑하는 법을 배우거나." 그런데 뚱뚱한 여자 제스 베이커는 자기 몸을 사랑하는 것을 선택하였다. 애인에게 이별을 통보받았다고 남은 인생을 자기혐오에 빠져 보내서는 안 된다고 생각했다. 자기 몸을 사랑하기로 선택했기 때문에 그녀는 충만한 삶을 누릴 수 있었다.[12]

하지만 주인공 연두는 자신의 뚱뚱한 몸을 혐오했다. 애인에게 버

---

11 백영옥, 〈다이어트의 여왕〉 (파주: 문학동네, 2009), 16.
12 제스 베이커/박다솜 옮김, 〈나는 뚱뚱하게 살기로 했다〉 (서울: 웨일북, 2017), 11.

I 소설 속 '음식이 있는 삶의 풍경'

림받은 이유가 자기 몸 때문이라고 생각했다. 자기 몸매가 날씬했으면 이런 이별의 아픔은 겪지 않았을 것이라고 생각했다. 그래서 연두는 자기 몸이 싫었다. 그러나 알고 보면 연두는 꽤 괜찮은 여자다.

'나이 28세, 키 173㎝, 괜찮게 생긴 얼굴, 넉넉한 마음씨, 고급 레스토랑 '퍼플'의 셰프라는 직업, 적당한 수입, 사랑하는 사람에게 언제나 맛있는 요리를 만들어 줄 수 있는 뛰어난 솜씨.'

연두는 충분히 사랑받을 수 있는 여성이었다. 이별을 통보받았을 때 연두가 자신을 사랑하기로 선택했다면 다른 삶이 전개되었을 것이다. 더 좋은 남자를 만나 즐겁게 살 수 있었을 것이다. 보기 괜찮을 정도로 넉넉한 몸매를 가진 후덕한 엄마가 되어 행복한 삶을 누리게 되었을 것이다. 그런데 안타깝게도 연두는 자기 몸을 혐오하는 쪽을 선택했다. 연두는 자신의 몸을 혐오했다. 아니 자신을 혐오했다.

§ 몸무게 98.3kg

어느 날 친구 인경이 연두를 찾아왔다. '다이어트의 여왕'을 뽑는 TV 프로그램에 참여해 보라는 것이다. 인경은 자기가 작가로 참여하게 된 프로그램도 성공시키고 더불어 친구에게 날씬한 몸매도 선물하고 싶었다. 그런데 하필 연두의 뚱뚱한 몸을 확인시킬 건 무어람.

"너 하정민이랑 헤어지고 적어도 8㎏은 쪘을 거야. 그치? 내 말 맞잖아!"

연두는 뚱뚱한 여자가 남자에게 이별을 통보받고 더 뚱뚱해진 사정을 아프게 회상했다. 98.3㎏, 그녀 생애 최고로 무거운 여자가 되어 있었다. 정민과 헤어지고 난 후 연두의 몸은 4주 만에 13㎏이 늘었다. 그녀는 커다란 아이스크림과 케이크를 끼고 하루 종일 침대에 누워 티슈를 바닥내며 울었다.

§ 뚱뚱하다는 것

날씬한 몸매와 성적 매력이 같이 가는 것으로 간주되기 때문에 사람들은 날씬한 몸매를 만들고 유지하기 위하여 애를 쓴다. 다음은 인터넷에서 읽은 어떤 비만인의 자조 섞인 말이다.

"인권에도 순서가 있대요. 비만인 인권은 가장 나중이라는 거죠. 차별받고 있다고 말하면 '살은 빼면 되지 않느냐'는 식의 반응이 전부예요."

뚱뚱한 사람은 '특별한 사람' 취급을 받지만, 그렇다고 소수자로서의 권리는 인정받지 못한다. 할 수 있는 것을 내가 못나서, 잘못해서 이런 몸매가 되었다는 비난을 잠자코 받아들이는 것뿐이다. 이처럼 외모에 관한 한 뚱뚱한 몸매는 우리 사회에서 가장 심하게 매도되는 단어다.

그런데 따지고 보면 '뚱뚱하다'는 말 자체는 부정적인 의미를 담고 있지 않다. '뚱뚱한'이란 말은 부피를 묘사하는 형용사일 뿐이다. 뚱뚱하다는 것은 '지방' 조직을 많이 갖고 있다는 뜻일 뿐이다. 같은 말이라도 시대에 따라, 문화에 따라 달리 받아들여진다.

예전에는 뚱뚱하다는 말이 지금처럼 부정적인 의미로 사용되지 않았다. 때로 뚱뚱함은 넉넉함과 후덕함을 표현하는 말로 사용되었다. 그런데 현대 사회에서는 '뚱뚱하다'는 말이 부정적인 의미로 사용되고 있다. 이 단어에 대한 우리의 혐오는 우리 시대의 문화 탓이고 학습된 탓이 크다. 사전적인 의미가 어떻든 지금 우리 사회에서 뚱뚱한 사람, 특히 뚱뚱한 여자는 다양한 방식으로 차별을 받고 있다.

§ 뚱뚱한 여자들의 심정

연두는 친구 인경이 '다이어트의 여왕' 프로그램을 성공시키기 위해 자신을 독려하는 말을 듣고 뚱뚱한 여자의 심정을 속으로 이야기한다.

너는 몰라. 한 번도 뚱뚱해 본 적이 없는 여자는 뚱뚱한 사람들이 겪는 고통을 몰라. 그들이 왜 아름다운 웨딩드레스에 집착하고, 사람들의 시선에 상처받고 쓸데없이 피해망상을 키우는지 짐작도 못 해.

거울에 비친 자기 얼굴을 혐오스럽게 바라보며 아침을 시작하는 사람을 보통 사람들이 이해하기란 쉽지 않다. 집 안에 전신거울을 일찌감치 없애버렸거나, 외출을 준비하는 모든 시간을 곳곳에 숨어 있는 살을 감추고 가리는 데 전력투구해야 하는 사람에 대한 사람들의 태도는 둘 중 한 가지다. '동정, 아니면 혐오!' 그래서 뚱뚱한 사람의 다이어트와 평범한 사람의 다이어트는 존재론적으로 다르다. 하나는 살기 위한 다이어트고 다른 하나는 아름다워지기 위한 다이어트다.

사람들은 성형외과로 달려가는 여자를 비난한다. 그러나 100㎏의 거구 여자에겐 그 어떤 위로의 말보다, 4,000cc의 지방을 빼주겠다는 의사의 말이 더 영혼을 울린다. 혁신적인 구호를 쏟아내는 페미니스트들보다 더 큰 위안을 준다. 이 미친 시대에 다이어트에 목을 맨 여자를 함부로 비난해서는 안 된다.

§뚱뚱한 여자들에 대한 사회적 시선

연두는 결국 '다이어트의 여왕' 방송 제작에 참여하였다. 입소식 날, 다이어트의 여왕이 되기 위해 모인 뚱뚱한 여자들에게 최 피디가 말했다. 최 피디의 말은 뚱뚱한 사람, 특히 뚱뚱한 여자들에 대한 사

Ⅰ 소설 속 '음식이 있는 삶의 풍경'

회의 통념을 대변하고 있다. 그는 뚱뚱한 여자들에게 자기 몸을 사랑하지 말고 자기 몸을 혐오하라고 하였다. 아니 자기 몸을 뚱뚱하게 방치한 자신을 혐오하라고 압박하였다.

"뚱뚱한 건 운명이 아닙니다." "뚱뚱하다는 건…. 말 그대로 게으름의 다른 말이죠. 2008년 대한민국에서 발바닥에 땀이 나도록 열심히 사는 사람들은 뚱뚱하지 않습니다. 뚱뚱해도 여러분만큼은 아니죠! 여러분은 하루에 몇 끼나 먹습니까? 청소기 한 번 돌리기 싫어서 집 안을 돼지우리처럼 만드신 분도 많죠? 패배주의자들처럼 난 뚱뚱해서 취직이 안 됐다. 연애도 망쳤다. 결혼도 못 했고, 했어도 남편이 바람났다고 믿고 있는 분들, 여기에 많죠? 하지만 정말 그럴까요? 세상과 싸워보기도 전에 지레 겁먹고 포기한 거 아닙니까? 변명할 핑곗거리만 찾다가 결국 분노와 절망에 찌든 거 아닙니까? 지금 여러분이 가장 먼저 해야 할 일은 정신의 다이어트입니다. 이른바 생활의 혁신이죠. 육체의 다이어트는 그 후의 일입니다."

§다이어트 수렁

연두는 자신의 뚱뚱한 몸을 혐오하면서 자기 몸을 덜어내기 위해 다이어트에 돌입했다. 몸을 덜어내는 것은 마치 진부한 문장이 매력적인 문장으로 다듬어지는 것과 같았다.

"'정연두'라는 두꺼운 책에서 진부한 문장들을 쳐내자, 점점 매력적인 표현과 단단한 동사들이 힘을 얻기 시작했다. '실연, 절망, 실패' 같은 명사들은 줄어들고, '살다, 사랑하다, 웃다' 같은 동사들이 조금씩 빈자리를 차지했다. 책의 부피는 한 손에 쥘 정도로 줄어들었다."

그렇지만 몸을 덜어내는 일은 무지막지하게 어려웠다. 다이어트에 돌입한 지 3일 만에 변비, 복통, 소화불량이 이어졌다. 참가자들은 염소처럼 먹고 있는데, 염소 똥을 싸지 않는 게 이상하다고 다들 농담을 해댔다. 그래도 남자와 여자로 구성된 헬스 트레이너들이 스톱워치를 들고 참가자들을 휘두르기 전까진 참을 만했다.

훈련이 본격화되자 그건 투쟁이 아니라 목숨을 건 전쟁이었다. 목구멍에서 역겨운 피 냄새가 올라왔고, 심장이 터질 듯 가슴이 쿵쾅거렸다. 힘겨운 자신과의 전쟁이었다. 다른 참가자들도 운동에 대한 스트레스 때문에 종종 화장실로 달려가 울었다.

'다이어트의 여왕'에서 시간은 느리고 더디기만 했다. 몸이 부서져라 달렸는데 겨우 1, 2분이 흘렀다는 걸 확인하고 나면 절망스러웠다. 아직 하루가 지나지 않았다는 사실에 목이 메었다.

잠자리에 들 때면 연두는 집으로 돌아갈 날을 손꼽았다. 89일, 88일, 80일, 70일…. 하지만 탈락자가 늘어날수록 시간은 점점 더 빠르게 사라졌다. 어느 날인가. 연두는 자기 눈을 믿을 수가 없었다. 하루 사이에 몸무게가 3kg이나 빠진 것이다. 누군가 자기 몸에 붙어 있던 낡고 오래된 살을 지우개로 끝없이 지워내고 있는 것 같았다. 어떤 때

I 소설 속 '음식이 있는 삶의 풍경'

는 재단사가 커다란 가위로 옷감을 오려내듯 살을 가위질하는 것 같기도 했다.

문제는 다이어트에 열중하면서 참가자들의 생각과 삶이 병들기 시작했다는 사실이다. 살을 빼겠다는 욕망에 사로잡힌 참가자들은 점점 열병상태에 빠져들었다. '콧물감기'나 '설사'는 신의 축복이자 은총으로 받아들였다. 일부러 감기약을 먹지 않는 사람도 있었다. 제작진들 모르게 차가운 얼음물을 들이켜 일부러 설사하는 사람도 있었다. 모두 극단적으로 자신의 살을 쥐어뜯었다. 살을 빼기 위해서라면 몸에 해로운 일을 서슴없이 했다.

시간이 지나면서 열네 명이었던 참가자는 일곱 명으로 줄었다. 일곱 명의 생존자는 다시 다섯 명으로 좁혀졌다. 마지막으로 우승 후보 최단비와 정연두 두 사람 가운데 '다이어트의 여왕' 최종 우승자는 최단비로 결정되었다. 석 달 동안 소금기 없는 음식을 먹고 지냈던 연두의 눈에선 바닷물보다 짠 눈물이 쏟아져 내렸다. 연두는 탈락한 미스코리아처럼 그녀의 옆에 서서 웃으며 박수를 쳤다.

무대 위에 서서 연두는 자신을 버리고 떠난 정민이 지금 자기 모습을 보고 있을지 궁금했다. 자기가 지금 입고 있는 미니스커트를 그가 봤으면 좋겠다고 생각했다.

§ 47kg

대회를 마치고 집으로 돌아온 후 연두는 몸살을 앓았다. 편도선이 부어올랐고, 몸 여기저기에 발갛게 열꽃이 피었다. 일주일 만에 3㎏이 더 빠졌다. 현실로 돌아왔지만, 여전히 '다이어트의 여왕'을 찍고 있는 것 같은 기분이었다. 키 173㎝에 체중 52㎏. 연두는 더 이상 뚱뚱하지 않았다. 그런데도 연두는 자신의 체중을 유지하기 위해 먹는 것을 극도로 꺼렸다. 레스토랑에서 연두가 먹을 음식은 아무것도 없었다. 야채도, 고기도, 그 무엇도! 쇼가 끝난 후에도 연두는 진짜 '다이어트의 여왕'이 되기 위해 살았다. 주위의 기대와 호응이 계속 들려오는 것 같아서 연두는 계속 먹는 것을 거부했다. 그녀는 타인의 평가에 종종 죽을 것 같은 두려움을 느꼈다. 인생의 주인은 더 이상 정연두가 아니었다.

한때 99㎏이었던 연두는 이제 47㎏의 연두로 바뀌었다. 바짝 마른 연두에게 치명적인 문제가 생겼다. 요리사에게는 더욱 치명적인 문제! 언제부터인가 연두는 신맛과 쓴맛의 차이를 구별하지 못했다. 단맛은 그나마 나았다. 그러나 달콤함과 달착지근함 사이의 미묘한 차이를 구별하지 못했다. 연두의 혀는 색맹 환자처럼 흑과 백으로만 이루어진 세계 속에 갇혀 죽어가고 있었다. 연두는 요리사로 일하던 레스토랑 '퍼플'에서 해고되었다.

Ⅰ 소설 속 '음식이 있는 삶의 풍경'

§ 여자가 되고 싶은 여자

연두는 거식증 치료를 위해 의사를 만났다. 의사는 계속해서 먹는 것을 거부하면 죽는다고 경고했다. 연두는 의사에게 "먹지 않으면 죽는다는 선생님의 말이 맞지만 저는 인간이 되고 싶은 게 아니에요"라고 대꾸했다. 의사가 연두의 말을 듣고 가볍게 대꾸했다. "그럼 곰이라도 되고 싶단 말이에요?" 의사의 농담에 대해서 연두가 절규하듯 말했다.

"아뇨! 인간이 아니라 여자가 되고 싶어요. 여자요! 남자 여자 할 때, 그 여자!"

연두가 말하는 그 여자는 남자에게 매력적인 외모를 가진 여자, 젊고 예쁘고 날씬한 몸매를 가진 여자를 의미했다.

§ 누군가 아름답다고 말해주었더라면

〈나는 뚱뚱하게 살기로 했다〉의 저자 제스 베이커는 자신의 젊은 시절 사진을 보면서 꽤 예쁘고 멋있다는 생각을 했다. 당시에는 자신의 몸매에 자신이 없었고, 그래서 좋아하는 사람에게 다가가지 못해 불행했다고 회상했다. 당시는 그런 몸을 지니고 사느니 죽는 게 낫다

고 생각했다. 제스 베이커는 과거에 자기가 얼마나 빛나고 아름다운
지 누군가 말해주었다면 얼마나 좋았을까 하는 생각이 들었다. 그래
서 울기 시작했다.

"자기 내면과 외면의 대단한 아름다움을 보지 못한 소녀를 위해 울
었다. 못된 관점을 주입받아 몇 년 동안 인생이라는 마법을 즐기지 못
한 소녀를 위해 울었다. 충분히 멋진 사람이 되지 못했다며 몇 번이고
스스로를 벌준 소녀를 위해 울었다. 그리고 그녀와 같은 거짓말을 믿
고 살아가는 모든 소녀를 위해 울었다. 그 거짓말이 인생을 망가뜨리
기 때문에, 나는 울었다."[13]

연두 역시 자신의 아름다움을 보지 못했던 자신을 위해 울어야 했
다. 그녀가 레스토랑 셰프로 일할 때, 애인으로부터 이별을 통보받았
을 때 자신의 당당한 체격을 사랑할 수 있었으면 더 건강하고 행복한
삶을 누릴 수 있었을 것이다. 연두의 당당한 몸매와 삶에 대한 자신
감을 귀하게 여기는 좋은 남자를 만났을 것이다. 그렇지 않더라도 연
두는 다른 사람들과 어울리며 즐겁게 잘 살고 있을 것이다.

내 몸을 있는 그대로 사랑하는 법을 배우는 것이 진정으로 행복하고
충만한 삶을 사는 비결이다. 세상에는 뚱뚱해도 충분히 행복한 삶을
누리는 사람들이 많다. 사람들이 생각하는 이상적인 키와 외모를 갖고
있지 않아도 충만하고 즐거운 인생을 사는 사람들은 얼마든지 있다.

---

13 제스 베이커/박다솜 옮김, 〈나는 뚱뚱하게 살기로 했다〉 (서울: 웨일북, 2017), 41.

I 소설 속 '음식이 있는 삶의 풍경'

§ 거식증

키 173㎏에 체중 41㎏. BMI 지수 14.

이 절망적인 숫자는 연두의 망가진 몸, 태풍이 불면 나뭇잎처럼 날아가 버릴 수도 있는 몸을 보여준다. 친구의 망가진 상태를 보고 인경이 무릎을 꿇고 빌어 겨우 연두를 병원에 보냈다. 연두는 신경성 식욕부진증, 거대한 '거식증의 세계'에 사로잡혀 있었다.

그래도 연두는 살을 뺀 후 사람들의 관심과 갈채를 받았던 몸을 다시 옛날의 풍풍한 몸으로 되돌리고 싶지 않았다. 연두의 몸에 있는 모든 뼈는 일제히 돌출됐다. 그것들은 손가락 마디 하나하나까지 살을 뚫듯 올라왔다. 살들이 사라지고 난 자리, 온몸에 드러난 뼈는 굶기에 성공한 승자의 빛나는 상장이었다.

결국 연두는 '식이장애 클리닉'에서 치료를 받아야 했다. 담당 의사는 연두에게 먹지 않으면 죽는다고 경고했다. 거식증 환자의 10%가 사망하고 그중 50%는 심장마비로 돌연사한다고 했다. 그리고 거식증에 동반되는 다양한 증상에 대해서 설명했다.

"거식증은 다양한 증상을 동반합니다. 무서울 정도로 여러 식구들을 데리고 와요. 우울증, 신경장애, 미각이상, 구토와 변비증세, 폭식증, 수면장애, 심각한 도벽이 생기는 케이스도 있어요. 정연두 씨의 경우 가장 특징적인 증상이 건망증인데, 둘 다 호르몬과 관련되어 있을 가능성이 많습니다. 일종의 치매인 거죠."

연두도 자기 자신이 빠져 있는 상황이 얼마나 위험한지 잘 알고 있었다. 그는 자기 정체성, 삶, 행복과 같은 인생의 중요한 문제들이 '음식'이란 하나의 주제로 추락하고 있음을 뼈아프게 경험하고 있었다. 의사가 찾아와 거식증에 대해 들려준다.

"예전에도 말했지만 거식증 환자들의 가장 큰 특징이 뭔 줄 아세요?" 속으로 대답을 생각하고 있는 연두에게 의사가 대신 대답한다.

"병이 주는 보상이 너무나 확실하고 크기 때문에 자기 병을 사랑한다는 거예요. 낫고 싶다고 말하지만, 실은 절대로 낫고 싶지 않은 거죠."

연두는 의사의 말을 잘 이해했다. 인생에서 가장 중요한 삶과 사랑의 문제를 '식욕'이라는 주제로 축소시키고, 자아를 유아 수준으로 폭락시키는 위험한 병. 그것이 의사가 진단하는 거식증의 본질이었다. 그리고 그것은 바로 연두 자신의 문제이기도 했다. 그래도 연두는 여전히 그 병에서 완전히 낫고 싶지 않았다. 그의 말대로, 연두는 여전히 체중이 느는 게 두려웠다.

§세상 곳곳에서 빛나고 있는 아름다움

산과 들, 나무와 꽃, 하늘에 떠 있는 구름, 해맑게 웃는 어린이, 리듬을 타듯 걸어가는 아가씨, 깊게 주름진 얼굴이 온후해 보이는 노인…. 어디를 가나 세상은 아름다움으로 빛난다. 아름다움 안에는 예쁨, 숭고함, 너그러움, 찬란함 등 다양한 것들이 포함되어 있다. 그런데 제스 베이커는 우리의 오염된 시각을 바로잡기 위해 '아름다움'과 '예쁨'을 구별해서 볼 것을 제안한다. 그는 이렇게 말한다. 아름다움이란 어디에나 있는 것이다. 아름다움은 도처에 존재하고 있어서 누구나 찾을 수 있는 것이다.

그러나 '예쁘다'는 것은 기업들이 만들어낸 신체적 표현으로 당신이 예뻐지기 전까지는 불완전한 사람이라고 믿게 만드는 오염된 개념이다. 여성의 91%가 자신의 몸에 만족하지 못하고 다이어트에 의지하여 예쁘고 매력적인 몸매를 만들기 위해 애를 쓴다. 예쁘고 날씬한 몸매를 만들기 위한 대열에 동참한 연두는 처절하게 무너졌다.

우리의 주인공 연두가 자기 몸을 사랑하고 자신의 빛나는 아름다움을 볼 수 있었다면, 그리고 다른 사람들이 그녀의 아름다움을 발견하고 사랑했다면 연두의 인생은 얼마나 빛나고 풍요로워질 수 있었을까? 연두는 자기 인생의 주인공으로 지금도 당당하게 살고 있을 것이다.

5 사랑과 구원

〈레미제라블〉

〈레미제라블〉은 작가 빅토르 위고의 체험과 사상이 녹아 있는 작품이다. 위고는 1845년 11월에 〈레미제라블〉을 쓰기 시작하여 1861년 6월에 마쳤다. 그리고 그 이듬해인 1862년에 원고를 총 10권에 담아 출간했다. 그 후 이 소설은 연극과 영화로 사람들의 마음을 사로잡았다. 〈레미제라블〉은 다양한 관점에서 다양한 방식으로 해석될 수 있다. 그중에 하나는 음식과 관련하여 어둠 속에 있던 한 인간이 어떻게 빛을 찾아 아름다운 삶을 살게 되었는지 찾아보는 것이다.

I 소설 속 '음식이 있는 삶의 풍경'

§ 우리는 어떻게 사람이 되는가?

김현경은 우리에게 질문한다.

"우리는 어떻게 이 세상에 들어오고 사람이 되는가? 우리가 사람이기 때문에 이 세상에 받아들여진 것인가, 아니면 이 세상에 받아들여졌기 때문에 사람이 된 것인가?"[14]

그는 이렇게 대답한다.

"우리는 환대를 통해서 비로소 사람이 된다." 그런데 우리가 환대받고 있다는 것을 가장 잘 느낄 수 있는 곳은 식탁이다. 식탁에 함께 앉아 다정하게 음식을 나눌 때 우리는 환대받는 것을 실감한다. 〈레미제라블〉은 사람 취급을 받지 못하던 장발장이 미리엘 주교가 베푸는 식탁에 앉음으로 사람이 되었음을 보여준다.[15]

---

14 김현경, 〈사람, 장소, 환대〉 (문학과 지성사, 2015), 25.
15 이하는 필자의 저서 〈레미제라블, 신학의 눈으로 읽다〉를 참고 하였음.

§ 빵 한 덩이에 파멸한 인생

빵 한 덩이 때문에 인생이 파멸로 치달은 사람이 있다. 장발장이다. 그는 가난한 농사꾼 가정에서 태어났다. 어린 나이에 그는 아버지와 어머니를 잃었다. 그에게 혈육이라고는 손위 누이 하나뿐이었다. 매형이 세상을 떠나자 장발장은 나이 스물다섯에 조카들의 아버지를 대신해 가족을 부양해야 했다. 제일 큰 아이가 여덟 살이었고 막내는 한 살이었다. 장발장은 조카들을 먹여 살리기 위해 어떤 중노동도 마다하지 않았다.

§ 생명을 살리는 빵

그해 겨울은 혹독하게 추웠다. 빈곤에 시달리고 있는 가족에게 겨울은 무서운 계절이었다. 한겨울 장발장에게 일거리를 주는 사람은 아무도 없었다.

"집에는 빵이 없었다. 글자 그대로 입에 넣을 빵이 없었다. 그런데 아이는 일곱이었다!"

사람이 빵만으로 사는 것은 아니지만 빵이 없으면 살 수 없다. 굶주린 사람에게 빵은 생명이다. 어린아이 일곱이 힘없이 늘어져 있는 모

I 소설 속 '음식이 있는 삶의 풍경'

습을 두고 볼 수 없었던 장발장은 앞뒤 생각하지 않고 빵 가게로 갔다. 한밤중에 빵이 진열된 유리창을 주먹으로 깨고 빵을 집어 들었다. 있는 힘을 다해 달아났지만 급히 따라온 주인에게 붙잡혔다. 그의 팔에는 피가 흐르고 있었다. '절도 및 야간 가택 침입'이라는 죄명으로 5년 형을 받았다. 장발장은 붉은 죄수복을 입은 24601번 도형수가 되었다.

그 후 그는 도형장에서 탈옥하고 체포되는 과정을 여러 번 반복하면서 형기가 연장되어 19년 동안 도형수 생활을 했다. 빵 한 덩이 때문에 그의 인생이 파멸에 빠졌다. 도형장은 그에게 지옥이었다.

§빵 한 덩이에 가해진 냉혹한 정의

법은 정의를 수립하기 위하여 있다. 법은 사회적 신분과 관계없이 공평하게 적용되어야 한다. 그러나 현실은 그렇지 못할 때가 많다. 우리 사회에는 유전무죄(有錢無罪), 무전유죄(無錢有罪)라는 말이 있다. 정의를 세우기 위해 있는 법이 재산 유무와 사회적 지위에 따라 불공평하게 적용된다는 자조 섞인 표현이다.

장발장이 빵 한 덩어리를 훔친 것은 범죄다. 장발장도 죄를 인정했다. 그러나 그는 자신이 끼친 해악과 법정이 부과한 형벌 사이에 균형이 이루어지지 않았다고 생각했다. 그는 자신에게 가해진 형벌이 불의

하다고 결론 내렸다. 그는 공평하지 못한 법 집행과 냉혹한 제도의 바다에 빠졌다고 생각했다. 장발장은 불합리한 지옥의 형벌에 분노했다.

어떤 사람은 법은 존중되어야 한다고 말한다. 지나치게 가혹한 법이라도 법은 엄격하게 집행해야 한다고 주장한다. 그렇다. 법은 존중되어야 한다. 사회 질서를 유지하기 위하여 엄격한 법 집행은 불가피하다. 그러나 법은 공평하게 적용되어야 하고, 적정하게 행사되어야한다. 법 규정이 나에게만 가혹하게 적용되었다고 상상해보라. 그래서 내 인생이 그 법으로 인하여 처참하게 망가졌다고 생각해보라. 그래도 법은 존중되어야 한다고 말할 수 있는가.

장발장에게 5년 형을 선고한 판사는 어떤 사람이었을까? 명석한 두뇌를 가진 유능한 사람이었을 것이다. 그러나 상상하는 능력과 공감하는 능력은 매우 부족한 사람이었다. 판사는 법률에 대한 해박한 지식과 함께 갖추어야 할 것이 많다. 그중 하나는 사람의 마음을 읽을 수 있는 공감 능력이다. 그 판사는 조카를 돌보고 있는 가련한 청년의 따뜻한 마음과 절망적인 상태를 들여다보지 않았다.

§ 사랑으로 승화되는 정의

판사가 행사하는 정의가 어떻게 사랑으로 승화될 수 있는지 보여주는 실화가 있다. 뉴욕에는 여러 개의 공항이 있는데 그중 하나가 라과

　　　　　　　Ⅰ 소설 속 '음식이 있는 삶의 풍경'

디아 공항이다. 그 공항 이름은 뉴욕 역대 시장 중에 명시장으로 알려진 '라과디아'(Laguardia)의 이름을 따서 지은 것이다.

라과디아가 시장이 되기 전 뉴욕시의 즉결 재판부 판사로 있을 때일이다. 1930년 어느 날, 그는 상점에서 빵 한 덩어리를 훔치다 체포되어 기소된 노인을 재판하게 되었다. 어찌하여 빵을 훔쳤느냐고 질문하자 노인은 울먹이면서 배가 너무 고파서 훔쳤다고 잘못을 시인하며 용서를 구했다.

라과디아 판사는 이렇게 선고했다. "당신의 죄는 10달러 벌금형에 해당합니다. 벌금 10달러를 내시오." 그런데 이것이 끝이 아니었다. 그는 선고를 한 다음에 자신의 지갑을 열어 10달러를 내놓으면서 이렇게 말했다. "이분의 벌금 10달러는 내가 내겠습니다. 이처럼 배고픈 사람이 뉴욕 거리를 헤매고 있었는데 나는 그동안 너무 좋은 음식을 배불리 먹었습니다. 그 죄로 이 벌금은 내가 내겠습니다."

그리고 그는 방청객들에게 나처럼 자신이 죄인임을 인정하여 벌금 내실 분이 있으시면 내라고 말하면서 자신의 모자를 벗어 돌리게 했다. 47달러를 받은 그 노인은 눈물을 흘리면서 재판정을 나갔다.

§ 비참한 인생

장발장의 마음속은 세상을 향한 증오로 가득했다. 19년간의 도형장 생활에서 장발장을 움직이게 한 힘은 증오심이었다. 그의 증오는 사회에 대한 증오로, 다음에는 인류에 대한 증오로, 급기야는 삼라만상에 대한 증오로 증폭되었다. 그는 아무에게나, 생명이 있는 그 무엇이든지 해를 끼치고 싶은 난폭한 마음에 사로잡혔다. 어느 날 가석방을 받고 세상으로 나왔지만 그것은 도형장이라는 지옥에서 세상이라는 지옥으로 나온 것에 불과했다. 세상은 여전히 그를 배척했다. 그는 매우 위험한 사람이 되어 도형장에서 나왔다.

사람은 출생 신고와 함께 사회의 일원으로, 하나의 인간으로 간주된다. 그러나 한 개체가 사람이 되기 위해서는 출생 신고만으로는 충분하지 않다. 주위에 있는 다른 사람이 그를 '사람'으로 받아들여줘야 한다. '사람'이라는 말은 사회 안에 설 자리가 있다는 말과 같다. 그런데 장발장은 도형장에서 사람 취급을 받지 못했다. 힘든 노동에 시달리는 24601번일 뿐이었다.

§또 다른 지옥에 떨어진 인간

도형장에서 사회에 나왔지만 장발장은 여전히 '사람'으로 받아들여지지 않았다. 사람들은 그를 배척할 뿐 '사람'으로 받아들이지 않았다. 불쌍한 장발장! 그는 거칠고 남루한 행색, 증오심이 가득한 험악한 얼굴로 작은 도시 디뉴에 들어섰다. 그러나 어디에도 그가 있을 자리는 없었다. 사람들은 이 낯선 인간을 보자마자 움찔하며 물러섰다. 도형장에서 일하고 받은 약간의 돈으로 여인숙에서 식사를 하고 숙박을 하겠다고 했지만, 그에게 식사를 제공하고 방을 내주겠다는 사람은 없었다.

외양간에라도 잘 수 있게 해 달라는 장발장의 요청은 단호하게 거절되었다. 위험한 인물이라는 소문을 들은 사람들은 하나같이 빵 한 조각을 원하는 그를 밀어냈다. 감옥에 가서 하룻밤만 자게 해 달라고 애원했지만 그것도 거부되었다. 범행을 저질러 체포되어 오면 문을 열어주겠다고 하며 쫓아냈다. 우선 추위라도 피하려고 지푸라기가 쌓여 있는 낡은 오두막에 몸을 누이려고 했지만 개가 달려들어 도망갈 수밖에 없었다.

자신을 개만도 못하다고 생각한 장발장은 자연마저 자신을 배척한다고 생각했다. 산과 들판도 자신을 적대한다고 생각했다. 그는 신과 관련된 장소와 건물도 싫었다. 주교구 대성당 앞 광장을 지나가며 성당을 향하여 주먹질을 했다. 사람들에게 거절당하면 신에게도 버림받은 것이라 생각했다. 나중에 미리엘 주교의 따뜻한 대접을 받으면서 장발장은 심정을 고백했다.

"아무도 저를 받아주려 하지 않았습니다. …저는 별들 아래에서 자려고 들판으로 나갔습니다. 그런데 별이 없었습니다. 저는 곧 비가 내릴 것이라 생각하였습니다. 비가 내리지 못하게 막아줄 착한 신은 없다고 생각하였습니다."

장발장에게 이 세상은 지옥이었다. 누구도 그를 믿어주지 않았고, 누구도 그를 받아주지 않았다. 그는 어디에서도 희망을 발견할 수 없었다. 지옥 같은 상황에서 그는 어떻게 구원을 받을 수 있었을까?

§ 영혼을 살리는 빵

장발장은 그 집이 주교관인 줄 모른 채 주교의 집에 들어섰다. 그는 자신을 도형수로 19년간 형을 살고 나온 사람이라고 소개하였다. 그는 마실 물, 먹을 음식, 잠잘 곳을 거부당했다고 하며 머물게 해 달라고 사정했다. 주교는 그의 말을 주의 깊게 들어주었다. 주교는 장발장을 자기 집으로 받아들였고 마음을 기울여 환대했다.

"환대란 타자에게 자리를 주는 행위, 혹은 사회 안에 있는 그의 자리를 인정하는 행위이다…. 환대받음에 의해 우리는 사회의 구성원이 된다. 비로소 '사람'이 된다. 누군가를 환대한다는 것은 그를 자기 공간으로 들어오게 한다는 것, 그에게 접근을 허락한다는 것을 의미한다."[16]

장발장은 식탁에 앉았다. 그는 처음으로 사람대접을 받았다. 주교
관에서 비로소 '사람'이 되었다. 주교는 장발장을 따스한 자리에 앉게
하고 은촛대 둘을 가져와 불을 켜 식탁 위에 올려놓았다. 뜻밖의 대
접에 당황하는 장발장의 손을 주교가 부드럽게 만졌다. 생명으로 가
득한 주교의 손이 죽음의 냉기로 가득한 장발장의 손을 만진 것이다.
주교가 손을 내민 것은 장발장을 친구와 형제로 받아들인다는 표시
였다. 구원은 이렇게 만남에서 시작되어 따뜻한 손길을 타고 전달된
다. 분에 넘치는 대접에 놀라는 장발장에게 주교가 말한다.

"이곳은 저의 집이 아니고, 구세주이신 예수님의 집입니다. 저 문
은, 저곳으로 들어오는 사람에게 이름이 무엇이냐고 묻지 않고, 혹시
어떤 괴로움이 있느냐고 묻습니다. 당신은 고통스러워하십니다. 즉,
배고픔과 목마름에 시달리십니다…. 피신처를 필요로 하는 사람 이
외에는, 아무도 이곳을 자기의 집이라고 할 수 없습니다."

장발장은 주교에게 왜 내 이름도 묻지 않고 이렇게 정중히 나를 대
접하느냐고 묻는다. 주교는 당신은 제가 아는 이름 하나를 가지고 있
다고 말한다. 장발장이 놀란 듯 눈을 휘둥그레 떴다. 정말 저의 이름
을 알고 계시냐고 묻는 장발장에게 미리엘 주교가 대답했다.

---

16 김현경, 〈사람, 장소, 환대〉, 207.

"그렇습니다. 당신의 이름은 저의 형제입니다."

장발장이 외쳤다. "이곳에 들어올 때는 몹시 시장하였습니다. 하지만 당신이 어찌나 좋은 분으로 보이던지, 어찌 된 영문인지는 모르지만, 시장기가 사라졌습니다." 그렇다. 사람은 빵만으로 사는 것이 아니다. 빵이 사람을 구원하는 것이 아니다. 사랑이 사람을 구원한다. 주교가 장발장에게 고초가 크셨다고 하면서 말했다.

"그래요. 당신은 슬픈 곳으로부터 빠져나오셨습니다. 제가 드리는 말씀 잘 들어보세요. 의인 100인의 하얀 옷보다는, 뉘우치는 한 죄인의 눈물에 젖은 얼굴을 위해, 하늘에서는 더 큰 기쁨을 준비해두었습니다. 만약 당신이 그 고통스러운 곳으로부터 나오시면서 인간에 대한 증오와 노여움을 품으셨다면, 당신은 정말 가련한 분입니다. 반면, 만약 당신이 그곳으로부터 나오시면서 호의와 온화함과 마음의 평정을 품으셨다면, 당신은 우리들 중 그 누구보다도 귀한 분이십니다."

이야기를 나누는 동안 마글르와르 부인이 저녁상을 다 차렸다. 물과 기름과 빵과 소금을 넣은 수프, 약간의 비계, 양고기 한 조각, 무화과, 신선한 치즈, 커다란 호밀 빵 한 덩이 등이었다. 그녀는 주교님의 평소 식단에다 오래된 모브산 포도주 한 병을 임으로 추가하였다.

미리엘 주교는 예수님을 모시듯이 장발장을 정중하게 영접했다. 주교는 예수 그리스도의 눈으로 그를 바라보고 그리스도의 사랑으로 맞이하고, 그를 형제라고 불렀다. "내 손에 있는 빵은 물질이지만 그 빵이 배고픈 사람에게 전달될 때 그 빵은 영적인 것이 된다"는 말이 있다. 주교가 대접한 빵을 장발장이 먹을 때 그 빵은 한 영혼을 살리는 구원의 빵이 되었다.

§빛을 만나 빛이 된 사람

죄는 거대한 힘이다. 죄는 집요할 정도로 끈덕지게 사람을 끌고 간다. 환대를 받은 그날 밤, 장발장은 주교의 사랑을 배신하고 은 식기를 훔쳐 달아났다. 헌병에게 잡혀온 장발장에게 주교는 은촛대까지 줬는데 왜 안 가져갔느냐며 장발장을 풀어주게 하였다. 헌병들을 돌려보낸 다음 주교가 장발장에게 엄숙하게 말했다.

"장발장, 나의 형제여, 이제 그대는 더 이상 악의 수중에 계시지 않고 선의 소유가 되셨소. 나는 그대로부터 당신의 영혼을 샀소. 내가 그것을 흉악한 사념과 멸망의 정령에게서 회수하여 신에게 드리겠소."

사람은 어떻게 하면 좋은 인생이 될 수 있을까? 빛을 지속적으로 받아야 한다. 어둠이 아무리 짙더라도 빛을 이길 수는 없다. 아무리 어두운 영혼이라도 빛을 받으면 변화된다. 장발장은 주교가 내뿜는 빛에 감염되었다. 굶주리고 배척받던 장발장은 미리엘 주교를 만나면서 점차 그리스도를 닮은 숭고한 사람이 되었다. 마음이 흔들릴 때마다 은촛대를 준 주교를 생각하고, 그의 마음과 가르침을 생각하면서 장발장은 마음을 다잡았다. 유혹을 물리쳤다. 어둠으로 가득했던 절망적인 영혼이 빛으로 가득한 숭고한 영혼으로 변모했다.

§ 빛으로 가득한 영혼

장발장은 자신의 경험을 토대로 선한 일을 확대하며 살았다. 굶주려보았고, 배척받은 경험이 있었기 때문에 그는 다른 사람을 무시하지 않았고 배척하지 않았다. 굶주림과 추위에 떨어보았기 때문에 가난한 사람의 고통을 덜어주기 위해 최선을 다했다. 그는 양로원을 설립하고 가난한 노동자들을 위하여 공제 금고를 개설했다.

고통스러운 상처가 많았던 그의 사랑은 관념적이지 않았다. 그는 인류에 대한 보편적인 사랑을 이야기하지 않았다. 그는 예수님처럼 자신의 손길을 기다리는 사람에게 손을 내밀어 구체적으로 사랑을 실천했다. 병들어 죽어가는 팡띤느를 병원에 옮겨 치료받게 하고, 그녀의 딸 꼬제뜨를 구출하여 사랑으로 키웠다. 장발장은 팡띤느 모녀에게 치료자이자 구원자가 되었다. 천대받던 장발장은 천대받는 사람을 일으켜 세워주는 작은 그리스도가 되었다.

Ⅰ 소설 속 '음식이 있는 삶의 풍경'

§세상에서 제일 큰 식탁, 슬프도록 아름다운 식탁

좋은 문학은 전에는 볼 수 없던 것을 보게 해준다. 〈레미제라블〉을 읽다가 나는 세상에서 가장 큰 식탁을 볼 수 있었다. 그 소설에 보면 그 식탁의 식탁보가 얼마나 넓은지, 식탁 위에 달린 조명이 얼마나 휘황찬란한지, 얼마나 많은 입들이 그 식탁을 중심으로 모여 음식을 먹는지 이야기한다.

"자연 전체가 점심 식사를 하고 있었다. 삼라만상이 식탁 앞에 앉아 있었다. 그럴 시각이었다. 거대한 푸른색 식탁보가 하늘에 펼쳐졌고, 거대한 초록색 식탁보가 지상에 펼쳐졌다. 태양이 사방을 환하게 밝혀주고 있었다. 하나님께서 모두에게 식탁을 차려주고 계셨다. 누구나 빠짐없이 자신의 먹이를 가지고 있었다. 야생 비둘기에게는 대마씨가, 방울새에게는 좁쌀이, 엉겅퀴방울새에게는 별꽃이…, 꿀벌에게는 꽃들이…. 서로를 달게 먹고 있었던 바, 그것이 선에 혼합된 악의 신비이다. 그러나 어느 미물 하나 굶지 않았다."

이 소설 덕분에 우리는 산이나 들판에서 신이 차려주시는 세상에서 가장 큰 식탁을 볼 수 있게 되었다.

소설에는 세상에서 가장 작은 식탁도 나온다. 그때, 자연이 펼쳐놓은 식탁에 참여하지 못한 굶주린 두 아이가 연못 근처를 배회하고 있었다. 마침 연못 근처로 산책을 나온 시민이 있었다. 그는 근면하고 검소하게 살아온 자신에 대해 자부심을 갖고 있었다. 그러나 안타깝게도 그는 자연의 아름다움을 찬탄했지만 이웃의 고통은 알려고 하지 않았다. 그의 눈에는 불쌍한 두 아이가 보이지 않았다. 우리 주위에도 집에서 기르는 동물은 끔찍이 사랑하면서 정작 이웃의 고통을 외면하는 사람들이 있다. 연못 근처를 산책하던 아버지가 아들에게 과자를 주면서 말한다.

"현명한 사람은 적은 것에 만족하며 사느니라. 아들아, 나를 보거라. 나는 사치를 좋아하지 않는다. 내가 황금이나 보석으로 치장한 옷 입은 것을 본 적이 있는 사람은 아무도 없을 게다. 나는 그 거짓 화려함을 무절제한 영혼들의 몫으로 돌린다."

그런데 그렇게 성실하고 근검절약하는 아버지의 눈에 불쌍한 두 아이가 보이지 않았다. 자기 아들이 과자가 먹기 싫다고 하자 연못에 있는 백조에게 던져주라고 한다. 백조에게 주는 것이 싫어 망설이는 아들에게 이렇게 가르친다.

"인정을 베풀거라. 짐승들을 가엾게 여겨야 하느니라."

아버지는 이 말을 하면서 아들에게 빼앗은 과자를 백조를 향해 연못에 던졌다. 그리고 아들을 데리고 연못을 떠났다. 그들이 사라지자 근처에 있던 아이들 가운데 형이 배를 깔고 엎드려 막대기를 저어 과자를 건지려고 버둥거린다. 뒤늦게 달려온 백조와 과자를 놓고 경쟁했다. 간신히 과자를 건진 형은 과자를 두 쪽으로 나눈다. 형이 물에 젖은 과자를 손에 얹어놓았다. 그의 가녀린 손은 세상에서 가장 작은

I 소설 속 '음식이 있는 삶의 풍경'

식탁이었다. 형은 그 과자를 두 쪽으로 나누었다. 작은 것은 자기가 먹고 큰 것은 동생에게 주었다.

그 장면에서 나는 가슴을 찡하게 하는 슬프도록 아름다운 식탁을 보았다. 어린아이의 손바닥 식탁, 세상에서 가장 작지만 가장 아름다운 식탁을 보았다.

자연의 아름다움을 감탄하면서 옆에 있는 가난하고 배고픈 사람의 고통을 외면하는 사람이 있다. 짐승들을 가엾게 여기라고 가르치지만 굶주린 어린아이가 보이지 않는 사람이 있다. 근검절약하여 돈을 모아 제법 살 만하지만 자기 가족밖에 모르는 사람이 있다. 그러나 자신도 배가 고프지만 과자를 쪼개 더 큰 조각을 동생에게 주는 어린이도 있다. 애처롭지만 아름답다. 다른 사람의 고통을 아는 사람은 아름다운 꽃이다. 자기 몫을 나눔으로 사랑의 식탁을 차릴 줄 아는 사람은 꽃보다 아름답다.

§아름다움이 세상을 구원한다

가난한 사람을 돕기 위해 미리엘 주교는 모든 것을 아끼고 절약했다. 주교관에는 화단이 넷 있는데, 주교관에서 일을 돕는 마글르와르 부인이 화단 셋에다 채소를 심었고, 나머지 하나에는 주교가 꽃을 심었다. 어느 날 마글르와르 부인이 꽃을 심은 화단에도 채소를 심는 것이 더 실속이 있겠다고 생각하여 주교에게 제안했다. 나머지 한 화단에도 꽃을 심기보다 채소를 심어 먹자는 것이다. 부인의 제안에 주교가 말했다.

"마글르와르 부인, 잘못 생각하는 것이오. 아름다움 또한 유용한 것만큼 유익하다오." 그리고 잠시 침묵하다가 덧붙였다. "아마 더."

사람들은 써먹을 수 있는 것, 먹을 수 있는 것이 더 유용하다고 생각한다. 그러나 미리엘 주교는 아름다움도 유용한 것 못지않게 유익하다고 했다. 아니, 아름다움이 유용한 것보다 더 유익할지 모른다고 말했다.

세상을 보라. 아름다움이 도처에 끈질기게 스며들어 있지 않은가. 최소한의 아름다움도 떠올릴 수 없는 세상을 상상해 보라. 세상이 기능성, 유용성만으로 가득하다면 그런 우주는 생각만 해도 끔찍하다. 사람들이 오직 일하기에 편리한 옷만을 입고 다니는 세상을 상상해 보라. 그런 세상에서는 사는 재미가 없을 것이다. 사람들은 아름다움이 유용한 것, 써먹을 수 있는 것 못지않게 중요하다는 사실을 본능적으로 알고 있다. 그래서 제품을 아름답게 만들고 치장해야 상품 가치가 올라가고 이익을 창출할 수 있다는 것을 안다.

먹는 음식에 비유하여 말하자면 유용성이 생존과 배부름을 가리킨다면 아름다움은 음식의 맛을 가리킨다. 아름다움은 삶의 멋이고 음식의 맛이다. 먹을 것이 바닥난 한계 상황에서는 맛이 없는 음식도 감지덕지 먹게 된다. 그러나 평생 맛없는 음식을 먹으면서 살아야 한다면 삶은 고역일 수밖에 없다. 맛이 없는 음식, 멋이 없는 인생, 아름다움을 잃은 세상은 살 만한 세상이 아니다.

미리엘 주교는 갖가지 제의와 성무일과를 마치고 남은 시간을 가난한 사람들과 환자들과 유족들을 위해 썼다. 그러나 그는 일만 하지 않았다. 그는 아름다움을 가꾸고 그 아름다움을 향유할 줄 알았다. 그는 여름이면 매일 저녁 초록색 페인트칠한 물조리개로 꽃밭에 물을 주었다. 그는 꽃밭에 물을 주면서 아름다움을 키웠다.

소설 〈레미제라블〉은 우리에게 결국 세상을 구원하는 것은 빵이 아니라 아름다움임을 보여준다. 빵 때문에 지옥에 떨어진 장발장은 따스한 눈길로 손을 잡아주고 빵을 대접한 미리엘 주교의 아름다운 마음과 삶을 통해 구원을 받았다. 도스토옙스키는 소설 〈백치〉에서 말했다. "아름다움이 세상을 구원할 것이다!"

II

영화 속
'음식남녀'

우리는 겸손한 마음으로, 열린 마음으로 영화를 볼 필요가 있다. 영화는 우리에게 말을 걸고 우리에게 삶을 다시 해석해 보라고 한다. 영화의 어떤 장면에서 우리는 전에는 생각지 못했던 뜻밖의 이야기를 듣고 감동하게 된다. 다음에 소개하는 영화는 음식을 매개로 전개되는 장면을 보여주면서 우리 삶을 돌아보게 한다. 영화는 삶에 대한 우리의 인식을 넓혀주며, 더 나은 삶을 제안한다.

　여기서는 몇 편의 영화를 중심으로 이야기하겠지만 필요에 따라 영화의 원작 소설을 참고하여 내용을 보충할 것이다.

1 여자의 사랑, 엄마의 사랑

〈매디슨 카운티의 다리〉

〈매디슨 카운티의 다리〉는 1992년에 소설로 출판되었고 1995년 영화로 제작되었다. 클린트 이스트우드가 감독과 남자 주인공을 맡았고, 메릴 스트립이 여자 주인공을 맡아 함께 음식을 먹고 뜨겁게 사랑하고 헤어진 후 서로를 잊지 못하는 안타까운 남녀의 사랑을 연기하였다. 우리나라에서는 2017년 10월 재개봉되었다.

§ 어머니인 동시에 여성이었던 프란체스카의 사랑

영화는 돌아가신 어머니의 장례를 위해 남매가 만나며 시작된다. 남매는 어머니의 유품을 정리하는 과정에서 세 권의 노트를 발견한다.

거기엔 남매가 아버지와 함께 일리노이주의 박람회로 떠난 사이에 일어났던 어머니 프란체스카의 비밀스러운 나흘간의 사랑이 담겨 있다.

어머니가 다른 남자를 마음에 품고 살았다는 사실을 알게 된 아들은 배신감을 느꼈다. 아들 마이클에게 프란체스카는 여성이기 이전에 어머니였다. 반면 딸은 같은 여자의 입장에서 어머니의 마음을 이해하려고 한다. 딸 캐롤린에게 프란체스카는 어머니이기 이전에 여성이었다. 두 남매의 반응을 통해 감독은 여주인공 프란체스카가 어머니인 동시에 여성이라는 점을 강조하면서 이 영화가 단순히 중년여성의 일탈을 그려낸 것이 아니라는 점을 암시한다.

원작 소설 〈매디슨 카운티의 다리〉를 펼치면 이런 말로 남녀의 이야기가 시작된다.

"붓꽃 밭에서, 먼지 이는 수많은 시골길에서 피어오르는 노래들이 있다. 이것은 그 노래들 중 하나다."[17]

그렇다. 이 영화는 우리에게 애잔한 노래를 들려준다. 그 노래는 〈내셔널 지오그래픽〉 잡지에 실을 사진을 찍으러 다니는 남자와 농부의 아내로 살아가는 전직 교사인 여자가 만나 사랑하고 헤어진 이야기다. 나흘 동안의 짧은 사랑이었지만 두 사람은 평생토록 서로를 그리워했다는 전설 같은 이야기다.

---

17 로버트 제임스 윌러/공경희 옮김, 〈매디슨 카운티의 다리〉 (서울: 시공사, 2002), 9.

§남녀 사이에 작용하는 공간의 힘

1965년 8월의 무덥고 건조했던 월요일 한낮, 트럭에서 내린 남자가 현관에 앉아 아이스티를 마시고 있는 여자에게 다가간다. 이 근처 어딘가에 있는 지붕 덮인 다리를 촬영해야 하는데 도무지 찾을 수가 없다고 도움을 요청한다.

그 순간 남자와 여자의 눈길이 서로를 스치듯 흘러갔다. 눈길. 그래, 눈길이다. 눈길은 사랑을 싣고 가는 은밀한 길이다. 사랑은 시선이 마주치면서 시작되고 눈길을 타고 서로에게 흘러든다. 남자의 눈길이 여자에게 향하자 그녀는 속에서 뭔가 끓어오르는 기분에 사로잡힌다. 눈매, 목소리, 은발, 몸을 움직이는 가벼운 동작, 사람을 끄는 그 무언가가 두 사람 사이의 분자 공간을 재배열하는 것 같았다.

프란체스카, 그녀를 영원히 바꾸어 놓은 그 일은 남자가 여자에게 다가가면서 시작된다. 남자는 단지 길을 묻기 위해 여자에게 다가갔다. 의도한 것은 아니지만 남자가 여자에게 다가감으로 사랑이 시작되었다. 그러나 그 후 전개되는 모든 장면을 보면 여자가 먼저 말을 걸고, 제안한다. 남자는 대답을 하고, 제안을 받아들인다. 그러다가 두 사람은 식탁에서 함께 음식을 먹고, 침대에서 사랑을 나누게 된다.

삶의 수레바퀴는 그렇게 남녀 간에 서로 끌어당기는 힘을 동력으로 삼아 굴러간다. 여자와 남자 사이에는 서로 끌어당기는 본능적인 힘이 작용한다. 그러나 본능의 힘이 작용한다고 해서 남자와 여자 사이에 관계가 이루어지는 것은 아니다. 여자와 남자의 만남이 더 깊은 관계로 나아가려면 어떤 조건이 필요하다.

§물리적 공간

적절한 공간이 조성되지 않으면 남녀 사이에 서로를 끌어당기는 힘은 작동하지 않는다. 영화를 보면 여자는 집에 혼자 있다. 남편과 자녀들은 이웃 주에서 열리는 축산 박람회에 참석하고 금요일에 올 예정이다. 바로 그때 여자의 공간에 남자가 들어섰다. 그 공간에 다른 가족이 함께 있었다면 여자는 남자에게 몇 마디 말로 길을 알려주고 말았을 것이다. 그러면 아무 일도 일어나지 않았을 것이다. 그러나 길을 묻는 남자에게 여자는 남자가 찾는 다리로 안내하겠다고 나선다.

농가 마당이라는 열린 공간에서 묻고 대답하던 남자와 여자는 자동차라고 하는 좁은 공간으로 들어간다. 운전하는 남자가 소지품을 넣는 함에 손을 뻗다가 우연히 그의 팔뚝이 여자의 허벅지 아래쪽을 스쳤다. 함께 차를 타고 가면서 여자는 남자의 옆모습을 힐끗 본다. 그의 입술이 멋있다고 생각한다. 여자는 마음이 흔들리는 것을 느꼈다. 그러나 작은 공간에 함께 있다는 것만으로는 사랑의 노래가 꽃처럼 피어날 수는 없다.

Ⅱ 영화 속 '음식남녀'

§마음의 공간

남자와 여자의 관계가 이루어지려면 물리적 공간과 함께 마음의 공간이 열려야 한다. 남자가 찾는 다리가 있는 곳을 알려주고 집으로 가면서 여자가 남자에게 말한다. 자기 집에 가서 아이스티를 한 잔을 드시는 게 어떻겠느냐고 제안한다. 의례적인 말일 수 있다. 그러나 차나 음식을 권하는 것은 상대방에게 자기의 마음이 열려 있음을 알리는 신호이기도 하다.

여자의 집에서 차를 마시면서 남자는 여자를 관찰한다. 키와 나이를 가늠한다. 예쁘장한 얼굴과 근사한 몸매를 지닌 여자라고 생각한다. 남자는 여자에게서 뭔가 모르지만 감추어진 지성과 열정을 느낀다.

차를 마시면서 나누는 두 사람의 이야기는 자유롭게 흘러가고, 그 흐름 속에서 남자와 여자는 서로 가까워진다. 남자는 자기가 하는 사진 기자 일을 구체적으로 설명하면서 가끔 시도 쓴다고 한다. 여자는 비교문학을 공부했으며, 교사 생활을 하다가 결혼하고 몇 년이 지난 후 교사 생활을 접었다고 한다. 여자는 자기가 사는 지역 사람들이 선량하고 좋은 분들이지만 지금 생활이 자기가 꿈꾸던 삶은 아니라고 한다. 차를 마시면서 마음이 열린 여자는 누구에게도 할 수 없었던 말을 그 낯선 남자에게 털어놓는다. 여자가 남자에게 제안한다.

"여기서 저녁 식사를 하실래요? 가족들이 집에 없어서 차릴 건 없지만 뭘 좀 만들 수 있는데요."

§음식 준비와 남녀의 에로틱한 탐색

차나 커피가 가벼운 관계로 들어가게 한다면 식사는 좀 더 친밀한 관계를 맺게 한다. 남자와 여자는 같은 공간에서 음식을 준비하면서 상대방을 느끼고 의식한다. 따스한 외적 공간은 마음의 공간을 친밀 감으로 채운다. 함께 먹을 음식을 준비하는 공간은 두 사람을 조용한 흥분 상태로 밀어 넣는다.

"킨케이드는 그녀와 60㎝쯤 떨어진 곳에 서서 시선을 내리깔고 당근과 순무, 파스닙, 양파를 자르고 다졌다. 프란체스카는 감자를 벗기면서도 낯선 남자와 너무 가까이 있다는 생각을 떨쳐버릴 수가 없었다. 그녀는 감자 껍질을 벗기는 데에도 약간의 감정이 연결될 수 있다는 생각은 해본 적이 없었다."

스튜가 조용히 끓고, 달큰한 냄새가 풍긴다. 요리를 하면서 여자는 지나온 이야기를 한다. 남자는 고개만 끄덕이며 이야기에 귀를 기울인다. 여자는 아이들과 남편 이야기를 한다. 남편 이름 리처드를 거론하면서 여자는 죄책감을 느낀다. 어떤 짓도, 결코 무슨 짓을 벌인 것은 아니었다. 그러나 앞으로 일어날 가능성이 있는 일에 대해 죄책감을 갖는다. 그리고 저녁 시간이 어떻게 마무리될지 걱정스럽다. 여자는 남자에게 따스한 감정을 느꼈다. 그가 너무 일찍 가버리지 않았으면 좋겠다고 생각했다.

두 사람은 저녁 식사를 한 후 산책을 했다. 만월에 가까운 달이 동쪽 하늘에 얼굴을 내민다. 담청색으로 변한 하늘의 태양은 지평선 바로 아래 걸려 있다. 그녀는 이런 산책이 정말 오랜만이다.

남자는 남편과 다르다. 하늘 색깔에 흥분하는 남자, 시를 쓰는 남자, 바람 같아 보이는 남자, 그리고 바람처럼 움직이는 남자, 어쩌면 바람을 타고 온 사람. 그가 리바이스 청바지 주머니에 손을 찌르고 하늘을 쳐다본다. 카메라가 왼쪽 엉덩이 부근에서 달랑거린다.

집으로 돌아온 여자는 남자에게 브랜디와 커피를 권했다. 함께하는 식사와 대화는 마음을 풀어지게 한다. 남자는 유리잔을 꺼내는 여자의 뒷모습을 보면서 오랜 욕망이 밀려오는 것을 느꼈다. 그녀의 살결은 어떤 감각일지, 배를 그녀의 배에 마주 대는 것은 어떤 기분일지 다시 궁금해졌다. 남자는 그런 욕망을 꾹 누른다. 여자는 남자의 눈길이 계속해서 자신에게 머무는 것을 느낀다. 그의 눈길이 조심스러웠고, 적나라하지 않았고, 뻔뻔스럽지 않았지만.

남자와 여자는 각자의 마음을 감춘 채 말없이 브랜디를 마시고 커피를 마신다. 여자는 남자가 자신을 직접적으로 바라보지는 않았지만, 그의 말초 감각이 그녀를 더듬고 있다는 것을 알아차린다. 여자는 기분이 좋았다. 옛날에 느끼던 기분, 음악적인 기분. 그러나 그가 가야 할 시간이라는 생각이 들었다. 남자가 말한다.

"새벽에 로즈먼 다리에 가야 합니다. 이제 일어나는 것이 좋겠군요."

여자는 마음이 놓였다. 하지만 실망스러웠다. 마음속이 이랬다저랬다 한다. 만약 여자가 남자를 주저앉혔다면 그날 일은 통속적인 이야기가 되고 말았을 것이다. 음식이 깊은 맛을 내려면 뜸을 들이고 숙성시키는 시간이 필요하듯 사랑도 그렇다. 남자는 아쉬움을 남기고 떠났다.

§ 식사 초대와 에로티시즘

남자는 다음 날 새벽 아침 사진 촬영을 위해 로즈먼 다리를 찾아갔다. 새벽빛을 이용하여 사진을 찍기 위해 구도를 잡았다. 막 셔터를 눌러대기 시작했을 때, 다리 입구에 종이쪽지가 달려 있는 것이 보였다. 다가가 그 쪽지를 주머니에 넣고 나서 오랜 시간 동안 다양한 방향에서 사진을 찍었다. 한참 후에 생각이 난 남자는 그 쪽지를 꺼내 펴서 읽었다.

"'흰 나방들이 날갯짓할 때' 다시 저녁 식사를 하고 싶으시면, 오늘 밤 일이 끝난 후 들르세요. 언제라도 좋아요."

남자는 그 쪽지를 붙이기 위해 밤에 이 다리에 왔을 여자를 생각한다. 남자는 여자에게 전화를 건다. "안녕하세요. 저는 로버트 킨케이드입니다." 여자의 가슴이 어제처럼 또 뛰기 시작한다. 가슴이 덜컥 내려앉는 것 같다.

"메모를 봤습니다. 예이츠를 멋지게 인용하셨더군요. 초대를 받아들이겠습니다. 하지만 늦을지도 모르겠어요."

남자는 이어서 촬영하는 동안 함께 있고 싶으시면 모시러 가겠다고
제안했다. 여자는 다른 사람의 눈에 띄기라도 하면 어떻게 하나 하는
걱정이 됐지만 자기 픽업을 몰고 가겠다고 대답했다.

저녁 늦게 땀에 젖은 남자가 왔다. 여자는 남자가 목욕할 수 있도록
준비를 하면서 에로틱한 감정을 갖는다. 목욕하고 차가운 맥주를 마
시는 것이 굉장히 우아하게 느껴진다. 왜 남편과는 그렇게 살지 못했
을까?

§ 침대 위의 춤, 환희의 이중창

식탁과 침대의 거리는 매우 가깝다. 음식을 먹으면서 마음이 열리
고 몸이 열린다. 남자와 여자는 함께 먹으면서 서로에게 다가가고 사
랑하며 하나가 된다. 라디오에서 음악이 흘러나온다. 소박한 식탁에
촛불이 켜지고 음악에 맞추어 춤을 춘다. 춤을 추며 서로를 가깝게
느낀 남자는 자신에 대해 이야기한다. 남자는 이제 그녀 안으로 떨어
졌다. 그리고 그녀도 그 남자 안으로 떨어졌다. 부드럽고 오랜 입맞춤
이 강이 되어 흘러들었다.

밤이 계속되었고, 빙빙 돌아가는 춤은 멈추지 않는다. 여자와 남자

는 내내 함께 지내면서 이야기를 하거나 사랑을 나누었다. 남편과 자녀들이 돌아오는 날이 되자 두 사람은 앞으로 어떻게 할지 고민한다. 두 사람 다 어찌해야 할지 몰랐다.

여자는 남자가 자신을 품에 안고 트럭으로 데려가서 함께 가기를 고집한다면, 불평하지 않고 따르겠다고 한다. 그러나 자신의 무책임한 행동으로 남편과 아이들이 받을 상처를 생각해야 한다고 한다. 책임감이라는 현실로부터 자기 자신을 찢어내버릴 수 없다고 한다. 그래도 함께 가기를 고집한다면 갈 수밖에 없다고 한다.

하지만 제발 나를 그렇게 만들지 말아 달라고 한다. 만일 내가 지금 떠난다면 여자는 예전의 자신이 아니라고 한다. 당신이 사랑하게 되었던 그 여자가 아닌 다른 사람으로 변해버릴 거라고 한다. 시를 좋아하는 여자는 인간에 대해서, 삶에 대해서 아름다움과 추함에 대해 잘 알고 있었다. 남자는 여자의 말을 듣고 창밖을 내다보면서 자신과 싸웠다.

§ 서로 그리워하며 살다가 죽다

남자가 여자에게 속삭인다.

"할 이야기가 있소. 한 가지만. 다시는 말하지 않을 거요. 누구에게도. 그리고 당신이 기억해줬으면 좋겠소. 애매함으로 둘러싸인 이 우주에서, 이런 확실한 감정은 단 한 번만 오는 거요. 몇 번을 다시 살더라도. 다시는 오지 않을 거요."

이 말을 남기고 남자는 떠났다. 여자는 추억했다. 추억하고 또 추억했다. 남편 리처드가 새 식탁을 주방에 들여놓았다. 하지만 여자는 예전에 쓰던 식탁을 헛간에 보관하였다. 남편이 세상을 떠난 후 여자는 추억이 배어 있는 그 낡은 식탁을 다시 주방에 들여놓았다. 여자는 그 식탁에 앉아 그 남자를 추억했다.

남자는 여자를 그리워하며 살았다. 남자의 하루하루는 여자에게 다가가지 않으려는 힘겨운 노력이었다. 1982년 1월 25일에 법률 사무소에서 여자에게 보낸 남자의 유품에는 편지도 들어 있었다. 1978년 8월 16일로 되어 있는 편지에서 그는 이렇게 말했다.

"내 가슴 속에는 재만 남았소. 내가 표현할 수 있는 말은 그 정도요."

그 남자 킨케이드는 그 여자 프란체스카를 잊기 위해 떠돌아다니다 1982년 초 68살에 세상을 떠났다.

프란체스카는 킨케이드를 잊지 못하며 살다가 1989년 1월 69살에 세상을 떠났다. 어머니 프란체스카가 남긴 유품 가운데는 아들과 딸에게 남긴 편지도 있었다. 편지에는 로버트 킨케이드와 가졌던 나흘 간의 열정적인 사랑, 그리고 남편 리처드와 두 자녀에 대한 책임 때문에 그 남자를 포기했다는 엄마의 마음이 담겨 있었다.

"나흘 동안, 그는 내게 인생을, 우주를 주었고, 조각난 내 부분들을 온전한 하나로 만들어 주었어. 나는 한순간도 그에 대한 생각을 멈춘 적이 없단다. 그가 내 의식 속에 있지 않을 때도, 나는 어디선가 그를 느낄 수 있었고, 그는 언제나 그 자리에 있었지.

하지만 그런 것이, 너희 둘이나 너희 아버지에 대해 내가 느끼는 무엇을 빼앗아가지는 않았단다. 내 입장에서만 생각하면, 내가 옳은 결정을 했다고 자신할 수가 없어. 하지만 가족을 생각해 보면 나는 내가 옳은 일을 했다고 확신한단다."

〈매디슨 카운티의 다리〉에서 식사와 성관계는 육체적이고 동물적인 욕구를 채우려는 행위로 보인다. 영화는 남녀 주인공이 식탁에 앉아 함께 먹고 침대에서 성관계를 갖는 것을 보여준다. 그러나 영화는 두 사람의 행위가 단순히 육체의 필요를 채우는 행위로 끝날 수 없다는 것을 보여준다. 먹는 일이든 성적인 관계를 갖는 일이든 그것들은 육체적 필요를 채운다는 말로는 설명될 수 없는 차원을 갖고 있다.

모든 인간의 행위에는 영적인 차원이 있다. 어떤 사람은 성관계를 가진 후 이제부터 너는 내 소유라고 생각한다. 아니다. 그것은 성관계를 너무 과대하게 생각하는 것이다. 또 어떤 사람은 단지 쾌감을 얻기 위해 육체적인 행위를 했을 뿐이라고 생각한다. 아니다. 그것은 성관계를 너무 가볍게 생각하는 것이다. 인간의 성관계는 인격적인 면, 영적인 차원을 동반하게 마련이다. 그래서 어떤 성관계든 그 행위는 두 사람에게 깊은 흔적을 남기게 마련이다.

처음 만난 두 사람의 나흘간 사랑은 일생을 걸 만큼 견고한 사랑이었을까? 누가 확신할 수 있겠는가. 누군가 말했듯이 우리가 사랑이라고 믿는 것은 대개 사랑이 시작될 때의 감정이다. 시작될 때 끓어올랐던 사랑의 감정이 언제까지 지속될지 누가 알 수 있겠는가? 흔히 말하듯이 처음 끓어오른 뜨거운 사랑은 몇 년이 못 가 시들어진다. 사랑의 진실은 갖가지 시련과 지루한 일상을 견디면서 검증받아야 하는데 나흘이란 시간은 사랑을 검증하기에는 턱없이 짧은 시간이었다. 하지만 두 사람이 각자 상대방을 마음에 품고 사랑의 아픔을 삭이면서 평생 힘들게 살았다는 것은 그들의 사랑이 진실한 사랑이었다고 말해도 되지 않을까.

두 사람이 모든 것을 포기하고 함께 살았다면 행복했을까? 누가 알겠는가? 하지만 불행하게 되었을 가능성이 크다. 프란체스카는 두고 온 자식들을 생각하면서 회한을 안고 살아갔을 것이다. 자유롭게 바람처럼 다니며 살던 로버트 킨케이드는 진부해진 또 한 명의 여인을 안고 부담스러워하며 살게 되었을지 모른다.

그러나 영화는 그렇게 흘러가지 않았다. 두 사람은 각자 자신의 길을 갔다. 자기 자리를 지켰다. 함께 살지는 못했지만 자기 자리에서 평생토록 서로를 그리워하며 그들 나름의 방식으로 사랑을 지켰다.

평생 남편 옆에서 가정을 지키면서 살았지만 마음속에 다른 남자를 품고 살았던 프란체스카는 비난받아야 마땅할까? 프란체스카는 그녀에게 찾아온 그 사랑도 소중했지만 먼저 맺은 남편과의 인연과 자녀도 소중했다. 그래서 많이 갈등했다. 결국 프란체스카는 아내이자 엄마로서의 책임이 더 중요하다고 판단했고 그렇게 살았다.

킨케이드와 프란체스카는 인간이었기 때문에, 윤리적인 책임을 감당해야 했기에 두 사람은 서로 애타게 그리워하면서도 끝까지 고통을 감내하였다. 한 줌의 재로 변할 때까지.

2 인생은 요리처럼

〈음식 남녀〉

이안 감독은 예기(禮記)에 나오는 글귀, 음식남녀(飮食男女)라는 제목의 소설을 쓰고 그 소설을 바탕으로 영화를 만들었다. 음식남녀(飮食男女)라는 말에는 '음식'과 '남녀관계'가 인간의 근본 욕망이라는 뜻이 담겨 있지만, 이 영화는 단순히 음식 먹는 즐거움과 남녀가 누리는 쾌락을 자극적으로 보여주지 않는다. 영화 〈음식남녀〉는 음식을 매개로 인생과 사랑을 이야기한다. 인생도 요리처럼 정성과 사랑이 깃들어야 맛이 들어가는 것이 아닐까.

§ 아버지의 요리 인생, 딸들의 인생 요리

영화는 처음부터 현란한 솜씨로 요리하는 남자의 손을 보여준다. 그 손의 주인공은 실력을 갈고닦아 일류 호텔 요리사가 된 주 사부다. 관람객은 요리를 대하는 그의 태도, 손놀림과 몸짓 하나하나에서 얼핏얼핏 요리에 대한 그의 자부심을 엿볼 수 있다. 주 사부는 그렇게 평생을 호텔과 집에서 요리하며 살아온 사람이다.

주 사부는 오래전에 개발되어 고급 주택가로 변한 동네에서 푹 가라앉아 있는 낡은 집 주방에서 음식을 만들며 세 딸과 함께 살고 있다. 아내를 먼저 보내고 홀로 세 딸을 키워낸 주 사부, 그는 은퇴 후에도 딸들의 옷을 빨아서 말끔히 개어 각자의 옷장에 정리해 주고, 아침이면 딸들을 깨워 준비해 놓은 밥까지 먹여 출근시킨다. 오후에는 호텔에 가서 주방의 요리 준비 상태를 확인해준 후 집에 와서 딸들을 위해 음식을 만든다. 주 사부는 준비한 재료를 가지고 요리할 때가 가장 즐겁다.

당시 동양 사회는 '핵가족'이 일반화되고 젊은 세대가 서양 문화와 가치관을 받아들이면서 세대 간의 갈등이 점점 더 심해지고 있었다. 세태와 상관없이 아버지 주 사부는 주기적인 만찬 가족 모임을 고집스럽게 유지하고 있다. 가족 간의 화목을 위해 그런 모임이 필요하다는 거다.

그렇지만 딸들은 주말의 만찬 모임이 불편하다. 딸들은 아버지로 대변되는 과거 세대의 가치관과 관습에 얽매이는 것이 싫다. 신세대인 딸들은 구세대인 아버지의 요구에 순종하지만, 속에는 불만이 그득하다. 아버지와 딸들은 식탁에 둘러앉아 음식을 먹고 있지만 서로 다른 생각을 하고 있다.

아버지 주 사부는 딸들이 살아가는 모습이 마땅치 않다. 인생을 요리하는 딸들의 솜씨가 서툴고, 딸들이 만들어내는 인생 중간 결과물이 마음에 들지 않기 때문이다. 교사였던 첫째 딸 가진은 사랑하던 남자와 결별한 후 교회를 다니며 신앙으로 연인에게 배신당한 상처를 다독이며 살아가고 있다. 항공사에서 일하는 둘째 딸 가천은 자신의 직장에서 실력을 인정받고 있지만 남자관계가 자유분방하다. 가천은 어릴 때부터 요리하는 것이 좋아서 요리사가 되기를 원했지만, 아버지는 자기 생각을 묻지 않고 다른 길을 가게 했다. 가천은 자기 미래에 대한 아버지의 일방적인 결정에 불만이 많았다. 대학생인 셋째 딸 가령은 아버지가 음식으로 취급하지도 않는 패스트푸드점에서 알바를 하고 있다.

주 사부는 요즈음 살맛을 잃어버렸다. 살맛을 잃으니 입맛까지 전과 같지 않다. 요리를 하며 살아온 한평생이 허무했다. 요리는 잘했지만 인생은 제대로 요리하지 못했다는 생각이 들어 우울했다. 그는 친구 노온에게 마음을 털어놓는다.

"음식과 평생을 보냈는데 말이야. 남은 게 뭔지… 생각할수록 화나고 분해."

남은 것은 딸들뿐이라고 생각했는데 딸들 역시 자신의 곁을 떠나려고 한다. 홀몸으로 세 딸을 키웠지만 자꾸 멀어지려는 딸들을 생각하면 쓸쓸하고 씁쓸하다. 아버지는 딸들이 선택한 인생이 마땅치 않다. 사랑에 배신당하고, 철없는 사랑에 목을 매는 세 딸이 걱정된다. 딸들과 더 가까워지고 싶지만 딸들은 어긋나기만 한다.

§ 인생과 요리

그날도 아버지 주 사부는 딸들을 위해 호화로운 풀코스 요리를 정성스레 준비해 내놓았다. 식탁에 둘러앉아 요리를 먹는 둘째 딸의 표정이 이상하다. 맛이 없다는 표정이 분명하다. 막내도 숟가락을 가져갔던 양고기 요리를 더 이상 먹지 않는다. 딸들은 나이가 들수록 아버지의 음식 맛이 예전 같지 않다는 사실을 알고 있었다. 평생 익혀온 실력으로 요리를 능숙하게 하고 있을 뿐, 아버지는 예전 같은 조화로운 맛을 내지 못한다. 딸들은 그런 사실을 아버지가 알면 속상해할까 봐 입을 다물고 있다.

그런다고 아버지가 딸들의 반응을 모를 리 없다. 자신이 만든 음식에 대해 자부심이 강한 아버지의 입에서 안 좋은 소리가 나오려는 순간 호텔 지배인에게서 전화가 왔다. 전화를 받자마자 아버지는 택시를 타고 호텔로 달려갔다. 식당에 들어서니 요리사들이 어떻게 수습해야 할지 몰라 공황 상태에 빠져 있었다. 오랜 경험과 실력으로 주 사부는 응급조치를 해서 상황을 종료시켰다.

주 사부는 뒤늦게 온 친구 노온과 술잔을 기울인다. 주방 문제가 해결되어 홀가분해진 노온은 실없는 농담을 늘어놓지만 주 사부는 시무룩하다. 반응을 안 보이던 주 사부가 말한다. 둘째 딸 가천이 아파트를 구입하여 집을 나간다고 선언했다는 것이다. 주 사부의 울적한 마음을 달래려고 친구 노온이 말한다.

"인생은 절대 자기 맘대로 되는 게 아냐. 요리처럼 말이야."

그 말을 듣고 주 사부가 속으로 생각한다.

"요리처럼…. 그랬다. 마음대로 되는 건 하나도 없었다. 아무리 똑같이 만들려고 해도 똑같이 만들어지는 요리는 하나도 없었다…. 상대에 따라, 상대의 기분에 따라 맞춰주기만 할 뿐이다. 그러다 보니, 그렇게 정신없이 따라가다 보니 어느새 이렇게 늙어버린 거였다. 그나마 그렇게 맞춰주던 사람들도 어디론가 다 떠나고, 이제 딸마저 떠나려 하고 있는 거였다."

이 영화에서 인생을 요리에 빗대어 말한 것을 화면의 전개와 상관없이 소설에서 뽑아 정리했다.

"음식은 거짓을 말하지 않는다. 최선의 노력과 객관적인 맛의 평가만이 최상의 음식을 탄생시킬 수 있다. 최상의 인생이란 존재하지 않을지도 모른다. 모든 재료를 완벽히 준비해 놓고 일생을 다 바쳐 진력해온 실력에도 인생이란 음식은 어떤 결과물을 보여줄지 알 수 없다.

그럼에도 불구하고 우리는 그저 진솔하게 최선을 다해 인생이란 요리를 해나갈 수밖에 없다."

"이웃에 사는 금영 언니는 찻잔을 잠시 입에 대었다가 이내 떼었다. 인생이란 한꺼번에 할 수 있는 게 없었다. 기다리고 기다리다가 미지근하게 되었을 때 가서야 비로소 조금씩 풀어지는 까다로운 음식과도 같았다. 첫째 딸 가진도 어서 이 뜨거운 물이 식기를 잠자코 기다릴 뿐이었다."

둘째 딸 가천이 남자 친구 레이먼에게 말한다. "아버지는, 요릴 할 땐 무슨 예술가처럼 몰입하시지. 재료와 맛 그리고 성분이 중요하대. 그게 함께 조화를 이루어야 해. 특별히 한 가지가 부족하거나 너무 튀어서는 절대 안 되지." 레이먼이 대꾸한다. "남녀 사이처럼 말이지?"

패스트푸드 음식점을 싫어하는 아버지가 말한다.
"그게 뭐니. 음식은 제대로 해서 먹어야지. 그렇게 건성으로 해 먹으면 사람이 부실해져. 그런 걸 먹으니 요즘 젊은것들이 조급해지고 경망스럽지. 도무지 느긋한 맛이라고는 없어."

§음식 맛, 인생 맛

주 사부는 친구 노온에게 그동안 숨겨온 걱정거리를 털어놓는다. 혀의 감각이 무뎌져서 도통 맛을 모르겠다는 것이다. 요리사에게 치명적인 결함이 생겼다는 사실을 털어놓는 주 사부에게 노온이 위로한다. 그러더니 갑자기 노온이 흥얼거리듯 농담조로 말한다. "맛있는 여자는 대체 어디 있사옵니까." 음식 맛을 잃은 주 사부에게 이제 삶의 맛을 회복시켜 줄 것은 여자밖에 없다는 것이다. 음식도 살아갈 힘을 주지만 남녀의 사랑도 살아갈 힘을 줄 수 있으니 여자를 사귀어 보라는 노온의 진심이 담긴 농담이었다.

주 사부는 자기 혀가 맛을 느끼지 못한다는 사실에 절망했다. 그래도 음식 솜씨는 여전하여 친구 노온이 대신 맛을 봐주기 때문에 이따금 요리를 했다. 딸들이 자기들의 인생을 제대로 요리하지 못한다고 못마땅해했지만 주 사부는 자기가 인생을 잘 요리했는지 자신이 없다. 평생을 일했어도 해놓은 것이 아무것도 없다는 생각이 든다. 어차피 딸자식들은 다 출가할 것이고, 그러면 섭섭하기는 해도 홀가분해질 것이지만 그다음엔 무엇을 해야 할지 막연하다. 날이 갈수록 몸도 무겁지만 마음이 더 무겁다. 인생이 다 끝나가는 것 같다. 아내는 일찍 세상을 떠났고, 딸들도 떠났거나 떠나려 하고 마지막 남은 친구 노온은 심장병이 심각해져서 병원에 들어가 침상에 누워 있다. 주 사부는 자신의 요리 인생이 허무하게 느껴졌다.

"주방에 처박혀 평생 남이 먹을 요리를 해오는 동안, 그렇게 자신의 요리를 먹던 사람들이 모두 다 떠나가 버린 것이다. 더 남은 게 없었다."[18]

§ 사랑의 기쁨, 요리하는 즐거움

점점 외롭고 지쳐가던 주 사부는 자연스레 옆집의 젊은 미망인 금영과 그녀의 어린 딸을 사랑하게 된다. 괴롭던 그의 마음이 안정을 찾고 잃어버린 활력이 살아나며, 요리에 대한 즐거움도 덩달아 일어난다. 금영의 딸 산산이 자기 엄마가 싸준 도시락을 안 먹는 것을 알게 된 주 사부는 그 아이에게 도시락을 싸주었다. 금영이 싸준 맛없는 도시락을 버릴 수 없어 그 도시락은 자신이 먹었다.

인생도 그렇다. 마음에 들지 않는 음식을 먹어야 하듯 인생도 받아들여야 할 때가 있다. 남자와 여자가 사랑하여 결혼한다는 것은 상대방이 만든 인생을 수용한다는 것이 아닐까.

주 사부는 산산이 좋아한다고 말한 음식들을 매일 만들었다. 호텔에서 귀빈들이 먹을 일류 요리를 할 때보다 기분이 좋았다. 사랑하는 사람을 위해 음식을 만드는 것, 사랑의 수고에는 기쁨이 있다. 점점 외롭고 지쳐가던 주 사부는 옆집에 사는 금영과 그녀의 어린 딸과 교류하면서 힘을 차린다. 주 사부는 모녀에게 관심과 사랑을 기울이면

---

18 이안/이희주 옮김, 〈음식남녀〉 (서울: 책과 몽상, 1995), 135.

서 안정을 찾게 되고 잃어가던 활력이 되살아남을 느낀다. 살아가는 맛을 회복하게 되자 요리에 대한 즐거움도 덩달아 살아났다. 금영과 그녀의 딸에 의해 다시금 삶과 요리의 의미를 찾아가던 중 친구 노온이 갑작스레 세상을 떠난다.

§사랑이 살려낸 입맛, 살맛

저녁 만찬을 먹기로 한 날, 아버지는 이번 만찬에는 옆집 아주머니와 금영 모녀도 참석한다고 말했다. 딸들은 아버지가 금영의 엄마와 결혼한다고 선언하기 위해 모두 모이게 하는 모양이라고 짐작한다. 딸들과 금영 모녀가 식탁에 모두 둘러앉았다. 식탁에 차려진 요리가 어마어마하다.

"여럿이 있어서인지 똑같은 아버지 요리인데도 이날따라 더 화려하게 보였다. 큰 호박 속에다 사슴 갈비를 여러 가지 약재와 함께 넣어 만든 호박 사슴 갈비찜, 넓은 접시에 키위를 촘촘히 깐 뒤 감자샐러드와 새우 그리고 당근 요리를 용의 모양으로 얹어서 마치 푸른 물결 위에 용이 노는 모양을 한 벽해유룡, 전복과 닭고기를 얇게 썰어 끓인 포어계편탕, 저민 생선살에 생강으로 양념한 버섯과 죽순을 넣어 만든

마고 어편 그리고 여러 가지 광동식 찜 요리가 식탁에 그득했다."[19]

식사를 하던 중에 주 사부가 아무도 예상하지 못한 말을 한다. 이웃에 사는 젊은 여인 금영과 결혼하겠다는 것이다. 금영도 일어나서 주 사부를 사랑한다고 자신의 생각을 분명하게 말한다. 딸들은 금영 언니와 결혼하겠다는 아버지 말이 진심인지 확인하려 들고, 자신과 결혼하겠다는 말을 기대했던 금영 엄마는 주 사부가 자기 딸과 결혼한다는 말에 충격을 받아 쓰러진다.

한바탕 소동이 일었지만 몇 달의 시간이 흐르면서 분위기는 차츰 수습되었다. 주 사부는 금영과 새집으로 이사 가서 새로운 삶을 시작한다. 주 사부는 삶의 원동력이 되어 준 금영과 그의 딸을 위해 요리를 만들고, 함께 즐거운 시간을 보내며 남편이자 아버지로서의 역할을 훌륭히 해내고 있다.

둘째인 가천은 가족에 대한 책임감이 가장 강한 딸이다. 암스테르담으로 출국하기 전 가천은 아버지와 만찬을 나누고 싶었다. 자매들과 아버지까지 모두 떠난 집에서 가천은 아버지가 쓰던 주방에서 정성껏 요리를 준비해 상을 차려놓았다. 식탁에 마주 앉은 가천은 아버지의 삶에 대해 생각한다.

"둘뿐인 식사였다. 먹고산다는 게 정말 큰 일이라는 생각이 들었다. 그게 다였다. 결국 그것을 위해서 하루 종일 일하고 저녁이면 돌아와

---

19 이안/이희주 옮김, 〈음식남녀〉 (서울: 책과 몽상, 1995), 180.

이렇게 식탁에 가족끼리 마주 앉는 거였다. 그 일을 한 번도 지겨워하지 않고 평생을 묵묵히 해온 아버지가 새삼 대단하다고 생각되었다. 아버지야말로 가장 충실한 삶을 살아온 것 같았다."

식사 도중 새엄마인 금영 언니가 딸을 가졌다는 아버지 이야기를 듣고 가천은 피식피식 웃음이 새어 나왔다. 놀라워라. 딸과 식사를 하는 도중 아버지 주 사부의 혀가 맛을 느낀 것이다.

"내가…. 내가, 혀로 맛을 느꼈어. 맛을…."

"아버지, 입맛을 찾으셨군요!"

"그래, 내가 맛을 느꼈어. 네 탕이 그랬어… 가천, 네 탕을 조금 더 주겠니?"

가천은 얼른 일어나 한 접시 가득 탕을 떠드렸다. 아버지는 그걸 받아 눈을 껌벅이며 자꾸 맛을 본다. 주 사부는 따스한 눈길로 딸을 바라보았다. 아버지의 따스한 눈길에 딸의 가슴도 따스해졌다. 주 사부는 사랑하는 딸이 준비한 탕을 먹다가 입맛이 회복된 것을 확인하고 감격했다.

입맛 회복은 곧 삶의 회복이다. 입맛이 살아나면 사는 맛도 회복된다. 그 말은 바꾸어 놓아도 옳다. 사는 맛이 살아나면 입맛도 회복된다. 주 사부는 딸이 만든 탕을 먹기 전에 이미 입맛이 회복될 준비가 되어 있었다. 왜냐하면 살맛을 잃고 침울하게 가라앉았던 주 사부가 금영을 사랑하면서 사는 맛을 회복했기 때문이다. 사랑이 살맛과 입맛을 살려낸 것이다.

　인생이란 무엇일까? 어떻게 하면 최상의 인생이 될 수 있을까? 인생은 요리 같아서 아무리 노력해도 최상의 인생이란 존재하지 않을지도 모른다. 좋은 재료를 준비하고 정성을 기울여 조리를 해도 인생이라는 음식이 최상의 맛을 보여줄지 장담할 수 없다. 그럼에도 불구하고 우리는 그저 하루하루 사랑을 기울여 인생이란 요리를 만들어갈 수밖에 없다. 주 사부가 경험했듯이 사랑은 입맛과 살맛을 모두 살아나게 한다.

3 아름다운 낭비

〈바베트의 만찬〉

〈바베트의 만찬〉은 '아이작 드네센'의 단편소설을 덴마크 감독 '가브리엘 엑셀'이 영화화한 작품이다. 이 영화는 제61회 아카데미영화제 외국어영화상 등 여러 영화제에서 상을 받았다.

이 영화는 식사하는 즐거움을 통해 사랑, 감사, 화해 그리고 회복을 경험하는 사람들을 보여준다. 가브리엘 엑셀은 이 영화를 통해 음식을 먹는다는 것이 생존과 쾌감 이상의 의미가 있음을 보여준다.

§ 먹는 즐거움을 배제한 식사

덴마크의 바닷가 외딴 마을에 나이 지긋한 자매가 가난하고 병든 사람들을 돌보며 살고 있다. 자매의 집에는 중년의 나이로 짐작되는 바베트라는 가정부가 일하고 있다.

영화는 장면이 바뀌어 수십 년 전으로 돌아간다. 외딴 마을에 금욕주의 신도들이 모여 살고 있다. 이 마을 사람들은 나이 많은 목사의 지도를 받아 속된 세상을 등지고 근검절약하며 살아간다. 일요일이 되면 마을 사람들은 교회에 모여 천국을 사모하며 경건한 마음으로 예배드린다. 이들은 음식의 쾌감과 남녀관계에서 누리는 쾌락을 멀리해야 한다고 믿는다. 쾌락을 맛보는 것은 죄라고 생각한다.

강직하고 청빈한 목사의 두 딸 역시 아버지의 가르침을 따라 매우 검소하게 살아간다. 자매가 먹는 음식은 즐거움을 배제한, 그야말로 목숨을 연명하는 수단에 불과했다. 그들이 생각하는 좋은 음식이라야 거친 빵과 소금에 절인 대구가 고작이었다.

§ 사랑의 기쁨을 포기한 자매

목사의 두 딸, 마르티나와 필리파는 자태가 뛰어났다. 영화를 보는 사람들은 아름다운 자매의 소박하면서도 기품 있는 태도와 옷차림에도 눈길이 간다. 막 피어난 꽃처럼 순결하고 아름다운 자매는 어디에 있어도 빛이 났다. 목사는 남녀 간의 사랑과 결혼을 무가치하고 허무한 것으로 여기도록 딸들에게 가르쳤다. 딸들도 아버지의 가르침에 순종하여 세속적인 즐거움을 멀리한다. 하지만 그토록 아름다운 자매의 마음을 얻기 위해 다가온 남자가 왜 없었겠는가?

로렌스 로렌하임, 이 남자는 놀기 좋아하고 도박을 즐기는 한심한 장교였다. 보다 못한 아버지가 그를 덴마크 숙모의 집에 보낸다. 숙모 댁에 간 로렌스가 바닷가 마을에서 목사의 딸 마르티나를 보게 된다. 도시에서 볼 수 없는 순결하고 아름다운 자태에 마음을 빼앗긴 로렌스는 그녀를 만나기 위해 바닷가 마을 교회에 참석한다. 그는 마르티나에게 사랑을 고백하지만 거절당한다. 그 후 부대에 복귀한 로렌스는 병영 생활에 전념한다. 유력한 집안의 딸과 결혼하여 승진을 거듭한다.

또 한 명의 남자는 오페라 가수 파핀이다. 화려한 도시 생활에 지친 파핀은 조용히 쉴 곳을 찾다가 그 마을에서 머물게 된다. 예배에 참석한 그는 필리파가 부르는 노래를 듣고 감동한다. 목사의 허락을 받아 필리파에게 노래를 가르치면서 파핀은 그녀의 뛰어난 성량과 마음을 휘어잡는 아름다운 발성에 놀라 오페라 가수로 키우려고 한다.

"황제부터 가난한 사람들에게 당신의 노래를 들려주세요. 부유한 자들의 머리를 식혀주고 가난한 자들을 위로해 줘요. 당신에게는 그런 재능이 있어요."

어느 날 노래를 가르치면서 파핀이 필리파와 오페라를 부른다. 남자와 여자가 서로를 연모하며 사랑을 고백하는 노래다. 사랑을 고백하는 남자에게 응답하는 여자, 마치 파핀과 필리파가 서로 사랑을 고백하고 그 사랑에 응답하는 것 같다.

"나에게 오세요. 위대한 여인으로 만들어 주겠소. 나의 영혼은 이미 무너졌어요. 우리 같이 가요. 손과 마음이 연합하고 서로서로 사랑에 화답하니 사랑으로 우리는 서로 하나가 될 거예요. 우리 같이 가요. 같이 가요."

가사가 이어지고 노래가 끝난 후 파핀이 사랑을 담아 필리파의 이마에 입을 맞춘다. 필리파의 마음이 흔들린다. 그러나 아버지가 무엇을 걱정하는지 아는 필리파는 사랑을 포기한다. 실망한 파핀은 그 마을을 떠난다.

아름답고 순결한 딸들은 결혼할 기회가 있었지만 남자와 사랑하며 사는 삶을 포기하였다. 장교 로렌스의 청혼을 받은 언니 마르티나(Martina)와 오페라 가수 파핀의 청혼을 받은 동생 필리파(Philippa) 두 여자는 지상의 사랑 대신 천상의 사랑을 추구하였다. 그들은 결혼하여 남녀 간에 누릴 수 있는 생명의 기쁨을 포기한 채 병들고 가난한 이웃을 도우며 조용히 살았다. 그렇게 세월이 흘러 아버지 목사는 세상을 떠났고 두 여인은 노인이 되었다.

　　　　　　　　　　　　Ⅱ 영화 속 '음식남녀'

§쇠락해진 공동체

목사가 없는 금욕주의 공동체는 어두운 그림자에 덮이게 된다. 마르티나와 필리파 자매는 여전히 마을 사람들에게 믿음을 격려하며 가난한 사람들을 도우며 살아간다. 그러나 교회는 점점 퇴락하고 교인들 사이에는 갈등, 질투, 미움이 퍼진다. 예배 찬송 중에도 서로 다투는 일이 발생한다.

세월이 흐르면서 그 공동체는 젊음과 생기를 잃어갔다. 검소하고 겸허한 자세로 하나님께 다가가겠다는 옛날의 다짐은 금욕 그 자체가 목적이 되어버렸다. 노인들은 돈독한 신앙생활에도 불구하고 서로 뒤에서 험담하는 등 갈등이 끊이지 않았다. 가슴 속엔 미움, 증오, 분노가 쌓여 가고, 교우들은 서로 오해하고 반목하며 살고 있다. 교인들 대부분이 떠나고, 남은 교인들은 노인들뿐이다. 예배, 찬양, 신앙, 삶이 생기를 잃어가고 있었다.

§바베트의 만찬

영화 제목이 말해주듯이 이 영화는 모든 것이 '만찬'에 초점이 맞추어져 있다. 영화 전반부가 '만찬'에 참석할 사람들이 어떤 생각을 하고 어떻게 살아왔는지를 보여준다면 영화의 하이라이트인 만찬 장면은 영화 특유의 아름답고 섬세한 방식으로 식사를 하면서 사람들에게 어떤 변화가 일어났는지 보여준다.

1871년 비 오는 밤, 두 자매가 사는 집에 한 여인이 찾아온다. 바베트다. 남편과 아들을 혁명의 소용돌이 속에서 잃고 갈 데가 없는 그녀가 파핀의 소개장을 들고 찾아온 것이다. 자매와 함께 있게 된 바베트는 언어를 배우고 음식 만드는 것을 배우면서 자매를 위해 14년을 일했다.

그러던 어느 날 바베트에게 편지가 왔다. 편지에는 바베트가 복권에 당첨되었다는 놀라운 소식이 담겨 있었다. 당첨금이 1만 프랑이란다. 자매는 진심으로 축하하지만 바베트가 떠나는 것이 걱정이다.

바베트는 갈 데가 없을 때 자신을 품어준 자매에게 뭔가를 해 주고 싶었다. 그녀는 자매에게 목사님의 100회 생신을 위한 만찬을 자기가 준비하게 해 달라고 부탁한다. 그리고 며칠간의 휴가를 받은 바베트는 프랑스에 가서 각종 음식 재료와 음료, 그리고 만찬장에 어울리는 고급 그릇을 구입하여 바닷가 마을로 보낸다.

바베트가 주문한 음식 재료들이 배로 운송되었다. 두 딸과 마을 사람들은 부엌으로 옮겨지는 음식 재료들을 보고 경악한다. 자신들은 입에도 대지 않던 고급 샴페인부터 소머리, 꿩을 비롯한 갖가지 작은 새들, 커다란 거북이, 이상한 바다 생물 등등. 마을 사람들은 이게 악마들의 잔치 재료이지, 어떻게 성스러운 추도 예배 만찬용 식재료가 될 수 있을지 걱정스럽다. 교인들에게 기름진 음식은 죄로 끌어드리는 유혹이었다. 마을 사람들은 만찬에 참석해서 묵묵히 먹기만 할 뿐

II 영화 속 '음식남녀'

아무 말도 하지 않기로 한다. 서로 탐식의 유혹에 빠지지 않겠다고 다짐한다.

만찬 테이블이 준비되고 돌아가신 목사님의 사진이 걸리고 고급 접시와 촛대가 놓인다. 교인들이 검은 옷을 입고 경건한 태도로 집에 들어선다. 예배를 먼저 드린다. 화면에는 함께 찬송을 부르는 교인들이 보이고, 프랑스 최고급 요리를 만드는 데 여념이 없는 바베트가 보이는데, 조금 후 로렌스 장군이 숙모와 함께 만찬에 참석한다.

§식탁

이 영화에서 주시해야 할 것이 있다. 식탁이다. 영화는 절반 가까운 내용이 식탁을 중심으로 전개된다. 식탁은 영화 처음부터 끝까지 이야기를 이끌어나가는 시간과 장소로 존재한다.

우선 식탁은 신자들이 모여 성경을 읽고 묵상하고 하나님을 예배하는 장소인 동시에 음식을 나누어 먹는 식사하는 장소다. 그러나 이 공동체에서 식탁을 둘러싸고 행해진 식사와 예배는 조화를 이루지 못하고 어긋나고 있다. 음식은 죽지 않기 위해 먹는 것이고 예배는 생기를 잃고 시들어가고 있다. 공동체 자체도 의미를 잃고 쇠락해가고 있었다.

영화의 후반부, 식탁에는 바베트가 만든 풍성한 음식이 가득하다. 마을 사람들의 정신적 지주였던 목사님의 생신 100주년을 추모하는 특별한 음식이 식탁에 차려진 것이다. 식탁에는 고급 식탁보가 깔리고 크리스털 잔과 도자기 그릇에 음식이 담긴다. 초에 불이 켜진다. 서로 미워하며 흉보고 시기하던 마을 사람들이 식사에 초대되어 식탁에 앉아 있다. 세상의 즐거움을 멀리하도록 지도받은 공동체 사람들은 식탁 위에 차려진 기름지고 맛있는 음식을 먹는 것에 죄의식을 느낀다.

§화해로 들어가는 문, 만찬

식탁을 둘러앉아 먹고 마시는 만찬은 화해로 들어가는 문이다. 잘 차려진 식탁을 죄악으로 가는 길이라 여겼던 신도들은 만찬을 맛보면서 천국에 당도한 느낌을 받는다.

전에는 구경도 못 했던 음식이 하나씩 나올 때마다 노인들은 조심스럽게 맛을 본다. 어느새 경직된 얼굴이 풀어지면서 입가엔 미소가 번지고 환희와 행복한 표정이 퍼져나간다. 시간이 흐르면서 음식은 냉랭한 교인들의 마음을 풀어 놓기 시작한다. 함께 앉은 장군이 먹는 것을 보고 따라서 먹으며 마을 사람들은 점점 기분이 좋아진다.

음식은 추억을 불러드린다. 사람들은 불우하고 어려웠던 시기에 다가와 성심성의껏 도와주고 자신들을 영적으로 하나님께 이끌어준 목사님을 추억한다.

머뭇대던 사람들의 말문이 트이고 서로를 따스한 시선으로 바라본다. 먹고 마시고 대화하는 동안 과거의 앙금은 눈 녹듯 사라지고 웃음꽃이 핀다. 그들은 아무렇지도 않게 상처를 털어놓는다. 용서를 구하고 용서를 한다. 한 남자가 다른 남자에게 껄끄러운 말을 한다. "자네가 날 속였어." 그러자 옆에 있는 남자가 차분하게 말한다. "그래, 내가 자네를 속였네." 그 말을 들은 남자가 대답한다. "괜찮네, 다 지난 일일세." 그리고 또 말한다. "실은 나도 자네를 속였다네." 두 남자는 화해의 악수를 나눈다.

다른 쪽에서는 평소에 거친 험담을 일삼았던 여인들이 서로 따뜻한 미소를 지으며 잔을 들어 건배한다. 어린아이와 같은 모습으로 돌아간 신도들은 과거의 끈끈한 유대감과 사랑을 회복한다. 사람들은 서로를 새롭게 발견하는 기쁨을 누린다. 냉랭하고 어색하고 긴장되었던 식탁이 화기애애한 식탁으로 변한다.

만찬이 끝나자 교인들은 피아노가 있는 방에 모인다. 찬송을 부르고 서로 축복하며 화해한다. 적군과 아군의 경계가 사라지고 영혼과 영혼의 교감이 머물다간 식탁 앞에서 모두가 변했다. 신도들의 분노는 사랑으로 바뀌었고 로렌스 장군은 못다 한 진심을 전했으며, 자매들은 이전보다 단단하고 성숙한 신앙을 갖게 되었다.

처음 자매의 집에 비참한 모습으로 찾아왔을 때 바베트는 자신이 어떤 사람이 될지 몰랐다. 두 자매를 포함하여 마을 사람 누구도 그녀가 공동체를 살리게 될 사람인 줄 몰랐다. 그러나 어느덧 바베트는 구원자가 되어 있었다.

§바베트의 만찬에 담긴 종교적 의미

이 영화의 각본을 쓰고 감독을 맡은 가브리엘 악셀(Gabriel Axel)은 〈바베트의 만찬〉이 종교적인 의미로 해석되지 않기를 바란다고 했다.

"그것은 동화다. 그래서 만일 누군가 그것을 '지나치게' 설명하고자 시도한다면 그것은 파괴만을 불러올 것이다."

그러나 이 말은 예술 작품이 그 자체의 권리로 존재하며 축소되기를 원하지 않는 예술가의 말일 뿐이다. 악셀은 그의 작품을 해석하는 다른 사람의 생각과 해석을 거부할 권리가 없다. 우리는 감독의 의도와 상관없이 관람자로서 자신의 경험과 생각을 보태서 '지나치게' 설명할 수 있다. 동화도 때로는 신의 계시를 들려줄 때가 있다. 감독이 이 영화를 동화라고 했다고 해서 이 영화를 동화 같은 이야기로만 봐야 하는 것은 아니다. 영화 관객은 얼마든지 자신의 경험과 상상력을 통해서 새로운 의미와 해석을 끌어낼 수 있다. 때로 그렇게 하는 것은 원작품을 파괴하는 것이 아니라 풍성하게 하는 것이다.

이 영화를 보면서 어떤 사람은 자식을 위해 희생한 어머니를 기억하며 회한에 젖을 수 있다. 어떤 사람은 돌아가신 부모님 제사를 드린 후 음식을 먹으면서 형제자매 간에 틀어졌던 관계를 회복한 경험을 투사하여 영화를 볼 수 있다. 어떤 기독교 신자는 영화를 보면서 성만찬에 참여한 후에도 서로 미워하고 비난하는 교회의 현실을 떠올리며 회개할 수 있다.

§쾌락을 포용하는 믿음

영화 〈바베트의 만찬〉은 식사를 단순히 배고픔을 채우는 행위로 볼 수 없게 한다. 이 영화는 우리에게 매일 먹는 일상적인 식사가 어떤 것이 되어야 하는지 생각하게 만든다.

식사가 끝나고, 열 명 남짓한 교회 노인들은 교회 밖으로 나가 우물가에 둘러 모인다. 만찬을 즐기면서 서로 화해한 사람들은 누가 먼저랄 것도 없이 손에 손을 잡고 평소 함께 부르던 찬송을 부른다. 그 모습을 두 자매가 행복하게 바라보고 있다.

줄리언 바지니는 이 영화를 보고 나서 "때로는 사치도 낄 자리가 있다"고 하였다. 사치스러운 음식도 그것을 어떻게 대하느냐에 따라 삶에 의미를 줄 수 있다는 것이다. 그는 '호화로운 음식을 먹는 것', 그건 기꺼이 이 세상이 제공하는 잠깐의 '쾌락을 포용하는 믿음'을 표현하는 것이 될 수 있다고 한다.

§ 즐거움을 향유하는 삶

이 세상에서 잘 먹고, 잘 산다는 것은 어떤 것일까. 그건 쾌락을 좇는 향락주의자가 되는 것이 아니다. 그렇다고 이 세상에 가득한 아름다움을 외면하고 육체적이고 인간적인 속성을 멀리하는 금욕주의자가 되는 것도 아니다. 우리는 줄리언 바지니가 한 말을 음미할 필요가 있다.

"삶은 짧으며, 우리 모두는 언젠가 흙으로 돌아간다. 삶이 내미는 진짜 쾌락의 순간을 음미하는 건 우주가 무턱대고 자신도 모르게 내민 선물을 기품 있게 받아들이는 것이다. 동시에 육체- 영혼적 개체로서, 우리는 쾌락 이상의 것에 가치를 분명히 두어야 한다."[20]

두 자매의 믿음이 신실하다는 점은 의심할 여지가 없다. 그러나 그들의 믿음이 올바른 방향이었다고 확언하긴 어렵다. 목회자였던 아버지는 하나님께 소명을 다하겠다는 목표를 이루기 위하여 딸들의 자유를 억압했다. 아버지의 절대적인 가르침 안에서 성장한 자매들은 하나님을 찬양하고, 가난한 이들을 돌보는 길만이 옳다고 생각하며 살았다. 그러나 정말 그녀들의 희생과 봉사의 삶만이 하나님을 기쁘게 하는 것이었을까?

금욕주의 공동체에 속한 사람들은 지나치게 절제하고 검소하게 살

---

20 줄리언 바지니/이용재 옮김, 〈철학이 있는 식탁〉 (고양: 이마, 2015), 347.

앉다. 쾌락을 멀리하고 먹고 즐기는 것을 죄악시했다. 그들은 세상에 가득한 좋고 아름다운 것들을 향유하지 못했다. 그들은 하나님이 창조한 세상의 각종 좋은 것들을 외면했다. 그들은 편협했고, 불만이 가득했고, 서로 원망했다.

그들은 창조된 세계에 가득한 아름다움을 볼 수 있어야 했다. 창조 질서의 풍요로움을 누리고 감사해야 했다. 하나님은 나중에 우리에게 왜 살아 있는 동안 내가 베푼 삶을 즐기지 못했느냐, 왜 내가 창조한 세상에 가득한 아름다움을 감탄하고 기뻐하지 못했느냐고 물으실 것이다.

하나님의 질문은 순간의 쾌락에 탐닉하는 향락주의자가 되라는 말이 아니다. 왜 너는 내가 부여한 삶을 충분히 향유하지 못했는지 묻는 것이다. 쾌락은 목표가 아니라 견실하고 너그럽고 아름다운 삶의 열매다. 참으로 쾌락을 누리고 싶으면 모든 쾌락을 가능하게 하는 견고한 삶의 가치를 발견할 수 있어야 한다.

§ 희생하는 믿음

우리는 어떤 시대, 어떤 세상에서 살고 있나? 우리는 "절대로 충분하지 않다!"는 생각이 우리 삶을 구석구석 파고드는 시대, 돈도 모자라고 시간도 모자란다고 아우성치는 세상, 소유하고 있는 것을 잃을까 전전긍긍하는 세상에서 살고 있다. 이런 세상에서 우리는 어떤 마음으로 살고 있나? 바베트가 보여준 믿음은 어떤 믿음이었나?

바베트가 자신을 받아준 공동체를 위해 만찬을 베푼 것은 그녀의 엄청난 믿음과 단호한 의지를 드러낸 것이다. 그녀가 차려낸 화려한 음식은 자신의 재산과 미래에 대한 안정을 포기하는 믿음의 결단이었다. 그녀는 행동으로 속세의 안정과 부(富)를 포기하겠다는 믿음, '희생하는 믿음'을 표현하였다.

불신앙은 안정과 보장을 찾아 헤맨다. '희생하는 믿음'은 순간의 안정에 집착하는 우리의 '불신앙'을 깨닫게 한다. 있다가 없어질 돈을 지나치게 아끼는 것, 아름다운 일을 위해 기꺼이 돈을 쓰지 못하는 것은 삶 자체가 눈 깜짝할 사이에 지나간다는 걸 인정하지 못하겠다는 불신앙의 표현이기도 하다.

§ 아름다운 낭비

영화 마지막에 바베트가 카페 앙젤리쿠스의 주방장이었던 사실이 밝혀진다. 더욱 놀랍게도 바베트는 프랑스로 가지 않겠다고 한다. 아니 프랑스로 갈 수 없다고 한다. 1만 프랑을 만찬을 위해 다 써버렸기 때문이다. 바베트는 어려운 환자들을 돕고 신도들 모임을 위해 음식을 준비하는 등 14년 동안 이웃을 위해 헌신해왔다. 마침내 복권이 당첨돼 부자가 됐지만 바베트는 상금마저도 모두 마을 사람들을 위한 만찬 요리에 쏟아부음으로써 자신이 가진 모든 것을 다 내놓았다. 그뿐 아니라 자기의 안정된 미래까지 내놓았다. 그녀는 모든 것을 쏟아부은 만찬을 통해서 헌신적 삶을 살았던 목사와 그 딸들의 희생적 의미를 완성시켰다. 바베트는 철저하게 베풀었고, 아무것도 돌려받지 않았다.

어떤 사람은 〈바베트의 만찬〉을 사치의 치유력, 사치스러운 너그러움과 사치스러운 사랑의 치유력을 들려주는 이야기라고 한다. 나는 '거룩하고 아름다운 낭비'를 보여주는 영화라고 표현하고 싶다. 그날 만찬은 다른 사람이 보기에는 낭비로 여겨지겠지만 바베트는 자신의 재산과 미래를 모두 희생해 거룩하고 아름다운 일을 했다. 그녀의 행위는 '아름다운 낭비'였다. 낭비했지만 그녀는 공동체 사람들의 편견과 아집을 깨뜨리고 서로 화해하게 하였다.

이 영화는 우리를 초대하여 자기희생적 행위의 가치가 값으로 계산할 수 없는 것임을 깨닫도록 이끈다. 만찬이 있기 전 그곳 공동체는 붕괴되고 있었다. 관계의 상실, 공동 목적의 상실, 편견과 아집, 모양과 형식만 남은 신앙생활 등으로 공동체는 명목만 유지되고 있었다. 믿음이 돈독하다고 자부하지만 구성원들은 구원이 필요한 상태에 있었다.

신학적인 해석을 곁들인다면 바베트는 자신이 봉사하고 있는 공동체를 아집과 독선에서 해방시키기 위하여 자신을 내어주었다. 그녀는 프랑스에서 편안하게 살 수 있는 안정된 미래를 포기하였다. 그녀는 자신의 삶을 포기하고 가진 모든 것을 공동체에 내어주었다. 그날의 만찬은 바베트의 생명이 공동체 사람들에게 바쳐진 희생 제사였다. 바베트는 공동체 사람들을 구원하기 위해서 초라한 모습으로 마을에 나타난 구원자였다. 바베트에게서 우리는 비천한 모습으로 이 세상에 와서 죄에 빠진 사람들을 위해 자신의 생명을 바친 예수 그리스도를 본다.

영화 〈바베트의 만찬〉은 질문한다. 우리는 동물의 식사를 하고 있는가, 인간의 식사를 하고 있는가? 우리는 누구와 먹는가? 식사하는 우리는 누구를 배제하고 포용하는가? 우리는 어떤 마음으로 음식을 먹는가? 우리는 식사하면서 누구에게 감사하는가? 우리는 삶을 충분히 향유하고 있는가? 우리는 어떻게 살고 있나?

4 사랑과 화해

〈초콜릿〉

〈초콜릿〉은 라세 할스트롬이 감독하고 줄리엣 비노쉬가 주연을 맡은 영화로, 2000년에 제작되었다. 같은 해 영화 〈초콜릿〉은 아카데미상 최우수 작품상, 여우주연상, 여우조연상, 음악상, 각색상 등 5개 부문에서 후보작에 올랐다. 한국에서는 2001년 2월 24일에 개봉되었다.

종교적 계율을 지키며 살지만 위선과 편견으로 가득했던 마을이 한 여인의 등장과 함께 변화의 바람에 휘말린다. 그 여인이 만든 초콜릿을 맛보면 누구나 사랑에 빠진다. 갈등을 빚던 사람들은 기쁨과 생기로 가득한 삶을 누린다.

§금욕주의 신앙으로 통제받는 마을

한 여자의 내레이션으로 영화 〈초콜릿〉이 시작된다. 시대는 1959
년의 프랑스다. 이 마을은 그리스도교의 금욕적인 관습이 깊이 뿌리
내린 곳이다. 이 마을 사람들의 행동 규범은 천주교 신앙에 의해 강
화되고 유지되고 있다.

마을 사람들은 주일이면 모두 성당에 가서 미사를 드리고 신부의
강론을 듣는다. 사람들은 종교적 관행에 따라 고해성사를 한다. 세속
적으로 보이지 않기 위해 무채색 옷을 입는다. 좋아하는 감정은 숨기
고 억제한다. 매주 '서로 사랑하라'는 강론을 듣지만 사랑은 같은 마
을, 같은 신앙을 가진 사람으로 한정된다. 마을 사람들은 외지에서
온 떠돌이 집시들을 멀리하고 배척한다.

이 마을은 시장인 레이노 백작의 지배 아래 있다. 시장은 옷차림이
나 처세에 있어서 한 치의 흐트러짐도 없다. 그는 마을을 엄격하게 통
제하기 위해 할 수 있는 모든 일을 하겠다는 사명감으로 가득하다.
백작은 젊은 신부의 주일 강론 내용까지 간섭하고 자신의 뜻에 따라
내용을 고치라고 한다. 백작의 요구를 받아들여 신부는 신도들에게
종교적 계율을 지키며 도덕적으로 살아가라고 강론한다. 마을은 잿
빛으로 조용하게 가라앉아 있다.

어느 날 이 마을에 빨강 망토를 입은 비앙이란 여인이 딸과 함께 들
어온다. 비앙은 달콤한 초콜릿으로 사람들 마음의 상처를 치유하고
생기를 주는 특별한 능력을 가진 여인이다. 비앙의 등장으로 잿빛 마

을에 파란이 인다. 여기저기 빨갛고 파란 색이 입혀지기 시작한다.

백작은 외지에서 들어온 이 여자가 싫다. 교회도 나오지 않고 금욕 기간인 '사순절'에 초콜릿 가게를 여는 것에 불만이 많다. 기회를 보아 그 여자를 내쫓으려고 궁리한다.

§사랑의 묘약, 초콜릿

초콜릿은 예부터 성적 흥분을 일으키는 음식으로 알려졌다. 18세 기 유럽에선 최음제로 알려져 국가적으로 금지된 기호품이기도 하다. 실제로 초콜릿의 주성분인 카카오 열매에는 카페인, 페닐에칠아민 등 다양한 중추신경 흥분물질이 들어 있어서 그것을 먹으면 우울한 기 분과 피로를 일시적으로 풀어줄 수 있다고 한다.

그건 그렇고 이 영화에서 비앙이 만든 초콜릿은 사랑과 화해를 이 루는 신비한 힘을 발휘한다. 비앙이 주는 초콜릿을 맛본 사람들은 사 랑의 온도가 높아지고 얼굴에는 홍조가 일기 시작한다. 초콜릿은 편 견에 사로잡힌 사람들을 자유롭게 하고, 사이가 좋지 않은 사람들을 화해시켜준다.

초콜릿을 만들어 파는 비앙은 사랑의 전도사다. 호기심에 초콜릿 가게를 기웃거리는 마을 사람들을 불러들인 비앙은 각 사람의 취향 에 맞는 초콜릿을 골라 선물로 준다. 달콤하고 쌉싸름한 초콜릿은 엄격한 가톨릭 규율과 신앙심으로 경직되어 있는 마을 사람들의 마음을 녹인다. 경직된 마음의 벽을 허물어뜨린다.

아망드 할머니는 딸 캐서린과 사이가 틀어져 있다. 딸의 반대로 아망드는 보고 싶은 손자도 못 본 채, 남은 생을 쓸쓸히 보내고 있다. 딸과 불화를 겪으며 마음이 상한 할머니는 점점 더 괴팍하고 고집스러워졌다. 어느 날 비앙이 준 페퍼 가루를 뿌린 핫초코를 마신 후 아망드 할머니는 가시 돋친 마음이 스르르 풀렸다. 비앙은 사이가 틀어진 모녀가 대화를 나누도록 주선하고, 마음을 열 수 있도록 기회를 만들어 주어 모녀의 관계를 회복시킨다.

조세핀 아줌마는 불행한 결혼생활을 유지하고 있다. 그녀는 남편에게 밥을 지어주고, 남편의 옷을 빨고, 남편이 원할 때마다 몸을 내어주지만 남편은 조세핀을 암소라고 부르며 무시한다. 조세핀은 여자로서의 자존감이 바닥에 떨어진 상태다. 조세핀은 비앙이 건네준 장미 모양의 초콜릿을 먹고 삶이 달라지기 시작한다. 식었던 열정이 피어난다.

어느 날 남편에게 맞아 머리를 다친 조세핀은 집을 나와 비앙의 집에서 같이 살면서 두 사람은 둘도 없는 친구가 된다. 남편이 찾아와서 집으로 돌아오라고 강요했지만 끄떡도 하지 않는다. 주눅 들었던 그녀의 얼굴은 점점 생기로 빛난다.

비앙이 제공하는 달콤한 초콜릿을 맛본 마을 사람들은 기분 좋은 흥분을 느끼며 정열을 되찾는다. 노인들은 뜨거운 사랑을 갈구하게 되고 좋아하는 할머니에게 사랑을 고백한다. 관계가 시들해져 위기를 맞은 연인들은 불타는 사랑을 회복한다. 사람들은 초콜릿을 먹고 오랫동안 흠모했던 사람에게 사랑을 고백하여 다정한 관계를 맺게 된다. 초콜릿은 사이가 틀어진 부부에게 사랑을 되살려 행복을 찾아 준다.

그중 하나의 장면을 보자. 가게에 들어온 한 여인에게 비앙이 초콜릿을 맛보게 한 후 남편에게도 주라고 초콜릿 한 봉지를 선물로 준다. 평소 남편과 사이가 안 좋았던 여인은 마지못해 초콜릿 봉투를 들고 집에 온다. 집에 오니 남편은 술이 고주망태가 되어 자고 있다. 화가 난 아내가 던져버린 초콜릿은 쓰레기통 옆에 떨어진다. 잠이 깨어 먹을 것을 찾던 남편은 쓰레기통 옆에 떨어진 봉투를 발견하고 그 안에 들어 있는 초콜릿을 꺼내 먹는다. 황홀한 맛에 끌려 초콜릿을 한입에 털어 넣은 남편은 묘한 흥분에 사로잡힌다. 지나가다가 허리를 숙이고 일하는 아내의 엉덩이를 본 사내는 사랑하고픈 열정에 사로잡힌다. 그 후 그 부부는 사이가 좋아져 헤픈 웃음을 흘리며 돌아다닌다.

§ 대결

변화와 성숙에는 진통이 따른다. 비앙의 등장이 가정의 질서를 무너뜨리고 마을의 안정을 해친다고 생각한 백작은 비앙을 추방하기 위해 안간힘을 쓴다. 흥미로운 것은 백작의 낡은 권위에 대항해 마을 여자들이 연대했다는 사실이다. 여인들은 친밀한 '가족'이 되어 서로를 보듬었다. 매 맞는 아내 조세핀, 딸과 절연한 외로운 노파 아망드가 힘을 합해 부당한 압력에 맞선다.

어느 날 집시들이 강변에 배를 묶어놓고 이 마을에 들어왔다. 마을 사람들은 외지인, 특히 떠돌이 집시들을 싫어했다. 서로 사랑하고 도와야 할 이웃의 범주 안에 집시는 들어 있지 않았다. 그러나 비앙은 집시들을 포용했고 그들과 어울렸다. 특별히 집시 청년 룩스와 사귀는 사이가 되었다.

비앙의 영향을 받아 생각이 열린 아망드 할머니는 자기 생일 파티에 집시들을 초대하였다. 완고한 백작은 자신이 통제하고 이끌어 온 마을이 변질되는 것이 싫었다. 그는 신을 믿지 않는 비앙이 초콜릿을 먹여 마을 사람들을 이상한 기운에 빠져들게 하는 것에 화가 나 있었다. 백작은 초콜릿 가게를 망하게 할 계략을 실행하였다. 비앙이 집시 청년의 배에서 먹고 마시며 사랑을 나누던 그 밤, 백작의 암시와 지시를 받은 조세핀의 남편 세르쥬가 집시들의 배에 불을 질렀다. 비앙과 집시 일행은 간신히 목숨을 건졌다. 그러나 배를 잃은 집시들은 마을을 떠났고, 비앙도 마을을 떠나기로 결정했다.

§회복

 영화 〈초콜릿〉 결말 부분에 이르러 반전이 일어난다. 부활절 전날 밤, 백작은 칼을 들고 비앙의 가게에 몰래 들어갔다. 준비해 놓은 초콜릿과 장식을 때려 부수려다가 실수로 넘어졌다. 엎어진 백작은 입가에 묻은 초콜릿을 맛보게 되었다. 그 달콤 쌉싸름한 맛에 끌려 백작은 허겁지겁 초콜릿을 먹었다. 엎어진 채로 한동안 슬픔에 빠져 있던 백작은 잠이 들었다.

 부활절 아침, 초콜릿 가게에서 자고 있는 백작을 발견한 비앙은 난감했다. 깨어난 백작은 더 난감했다. 순간 비앙은 당황해서 어쩔 줄 모르는 백작에게 어떤 소문도 내지 않겠다고 다독였다. 마침 그곳을 지나가다가 백작을 감싸주는 비앙의 모습을 본 신부는 충격을 받는다.

 부활절 아침 미사에서 신부가 입을 연다. 오늘은 신의 전능하심, 예수 그리스도의 초자연적 능력을 강조하지 않겠다고 선언한 다음 신부는 예수님의 삶과 가르침을 들려주면서 사람이 어떻게 살아야 하는지 차분하게 강론한다.

 "우리 주님은 자상하고 인자하셨습니다. 우리는 우리와 다르다고 남을 평가해선 안 됩니다. 우리의 선함은 남을 인정하고 함께 나눌 때 인정받을 수 있습니다."

 그날 신부의 강론은 신도들의 가슴에 잔잔한 파문을 일으켰다. 열정적이고 능숙한 설교는 아니었다. 그러나 달라진 신부의 강론을 들으면서 사람들은 마음에 평화와 자유를 깊이 경험하였다. 교인들은 종교적 계율과 전통적 도덕관념으로 사람을 평가하고 따돌리면서 위선에 젖어 있던 삶을 돌아보았다. 그리스도를 믿는 것이 어떤 것인지 알 것 같았다.

이 영화 마지막 장면에서 백작은 마을 사람들 사이에 앉아 신부의 강론에 귀를 기울인다. 영화 〈초콜릿〉에는 동정받을 가치가 없는 인간, 구제 불능인 사람은 없다. 악당으로 표현된 백작조차 사랑에 서툰 가여운 사람일 뿐이다. 신부와 백작은 비앙이 보여준 사랑과 용서에 직면하여 사람이 어떻게 살아야 하는지 깨달았다.

§ 초콜릿과 복음

이 영화를 보는 동안, 그리고 영화를 보고 난 후 한참 동안 달콤 쌉싸름한 기분에 잠겼다. 〈씨네 21〉의 영화 〈초콜릿〉을 소개하는 글은 내 마음을 잘 표현해주었다.

"그녀의 초콜릿을 맛보면, 누구든 사랑에 빠진다. 마약보다 더 좋은 것. 누군가를 사랑하게 만드는 그 무엇. 정체 모를 그 묘약은, 먼저 마음의 족쇄를 풀라고, 관능적인 매혹에 솔직해지라고 부추긴다. 달콤한 초콜릿의 성찬은, 금욕과 위선과 편견으로 무장한 한 마을에, 사랑의 훈풍을 불러온다."

정말 그렇다. 이 영화는 초콜릿처럼 달콤 쌉싸름한 영화다. 우리를 달콤한 분위기로 이끌어 누군가를 사랑하고 싶게 만든다. 그러나 그것이 전부일까? 영화를 보는 동안 자꾸 예수 그리스도가 생각났다. 비앙이 그리스도와 비슷하다는 생각을 했다.

§ 영화로 표현된 복음

영화 〈초콜릿〉은 복음에 대한 세속적 해석을 제시한다. 어떤 설교자가 복음을 영화 〈초콜릿〉보다 더 잘 표현할 수 있을까? 작가와 감독이 복음서의 예수님 이야기를 염두에 두고 각본을 쓰고 연출하지는 않았을 것이다. 그러나 성경 이야기에 익숙한 사람이라면 영화의 모든 장면, 줄거리의 세세한 부분이 예수 그리스도의 행태와 복음의 메시지를 새로운 형태로 재현하고 있다는 생각을 했을 것이다.

레이노 백작의 모습과 행동은 예수님 당시 유대교 대제사장과 바리새인들을 그대로 빼닮았다. 당시 종교 지도자들은 종교계율에 따라 사람을 판단하고 배제하고 따돌렸다. 유대인들은 율법을 제대로 지킬 수 없는 사람을 무시하였다. 외부에서 들어온 사람들, 이방인은 자신들과 섞일 수 없는 사람으로 낙인찍고 배척하였다.

백작의 지배를 받는 이 마을 사람들은 당시 유대인들처럼 종교 지도자들을 추종하고 종교적 계율을 따라 살았다. 그러나 종교는 삶을 변화시키는 일에 무기력했다. 종교는 통제와 금지의 다른 이름에 지나지 않았다.

§ 예수의 삶을 재현한 비앙

여성인 비앙은 2,000여 년 전 남성인 예수님의 삶을 재현하였다. 예수는 비앙의 원형이다. 예수께서 당시 종교 지도자들의 불의에 맞섰듯이 비앙은 백작의 부당한 권력 행사에 맞섰다. 그녀는 사람들에게 초콜릿을 선물하면서 삶의 기쁨을 회복시켜주었다. 그녀는 소외된 여인, 무시당하는 여인들에게 삶의 기쁨을 주고, 자존감을 회복시켜주었다.

예수는 당시 유대 종교 권력의 횡포에 맞섰다. 죄인으로 낙인찍힌 사람들을 가까이했다. 당시 유대 사회에서 배척받는 사람들, 세리, 창기, 병자들과 음식을 나누어 먹었다. 소외된 민중들을 환영하고 그들도 하나님의 자녀임을 확신시켜주었다. 그런 예수의 행태가 못마땅한 종교 지도자들은 예수를 먹고 마시기를 탐하는 사람이라고 비웃었으며, 죄인과 창기의 친구라고 비난하였다. 예수의 영향력을 시기한 종교 지도자들은 예수를 죽음으로 몰고 갔다. 예수는 사람들에게 삶의 기쁨을 회복시켜주셨지만, 예수 자신은 많은 고통을 겪어야 했고 죽음의 쓴잔을 마셔야 했다.

§영화 〈초콜릿〉과 오늘의 교회

영화 〈초콜릿〉은 2,000여 년 전 유대 사회에서 활동했던 종교 지도자들을 연상시킬 뿐 아니라 오늘의 교회 모습을 돌아보게 한다. 영화를 보는 내내 백작과 당시 마을 사람들의 모습이 오늘의 그리스도교와 겹치는 느낌을 떨칠 수 없었다.

초콜릿은 복음이 지닌 매력과 힘을 보여준다. 오늘의 교회는 초콜릿으로 상징되는 복음에 담겨 있는 신비한 힘을 제거하고 있다. 교회가 전달하는 복음은 맛을 잃은 초콜릿, 변화시키는 힘을 잃은 초콜릿 같다. 교회는 종교적 계율과 그에 따른 행동 방식만 강조할 뿐, 복음이 주는 삶의 기쁨을 억압하고 있다.

복음은 우리가 승인해야 하는 교리의 목록이나 행동 강령이 아니다. 복음은 하나님의 아름다움을 노래하고, 하나님의 뜻을 따라 삶으로 연주해야 하는 음악이다(스캇 맥나이트). 교회는 초콜릿의 환상적인 맛을 회복해서 사람들에게 매력적으로 다가갈 수 있어야 한다. 교회는 복음에 담겨 있는 변화의 능력, 사랑과 용서, 포용과 화해, 자유와 해방을 사람들이 경험할 수 있게 해야 한다.

교회는 이 영화에 나오는 초콜릿 상점 같아야 한다. 교회는 우정과 환대, 경청과 신뢰가 가득한 곳이 되어야 한다. 초콜릿 상점에 들어온 사람들이 치유되고 삶이 생기로 가득 차게 되었듯이 교회를 찾아온 사람에게도 그런 일이 일어나야 한다.

초콜릿은 달콤 쌉싸름한 맛이 매혹적이다. 초콜릿처럼 복음은 아름답고 선하고 매혹적인 힘을 지니고 있다. 그러나 복음을 삶으로 살아내는 것은 아름답지만 동시에 고통이 따른다. 영화에 나오는 마을이 변화된 것은 초콜릿 자체에 신비한 힘이 들어 있었기 때문이 아니다. 사람을 변화시킨 신비한 힘은 초콜릿을 주면서 사람들을 품고 사랑한 비앙에게 있다. 초콜릿은 비앙의 사랑을 전달하는 매개였다.

초콜릿은 달콤한 맛과 함께 쌉싸름한 맛이 하나가 되어 있다. 달콤한 초콜릿은 사람들에게 기쁨을 주었다. 그러나 비앙 자신은 쓰디쓴 아픔을 감수해야 했다. 비난을 받고 생명의 위협을 받고 축출 위험을 겪어야 했다. 비앙의 사랑과 과감한 행동, 그리고 희생이 마을 사람들을 변화시켰다.

III

한계 상황 속의
'음식 인생'

삶이란 하나의 이야기다. 삶은 대체로 평범한 일상으로 이어지는 평범한 이야기다. 그러나 때로 우리는 한계 상황, 절망적인 상황에 놓이기도 한다.

삶이란 끝이 있는 이야기다. 누구에게나 마지막 식사를 해야 하는 순간이 온다. 그런 상황 속에서 음식은 우리 인간에게 어떤 의미를 갖는가?

여기에 소개된 작가들은 회고록과 자신의 체험을 녹여낸 소설을 통해서 사람들이 한계 상황에서 어떻게 반응하였으며, 어떻게 버티며 살았는지 들려준다. 그 이야기를 들으면서 우리는 생각하게 된다. 우리는 앞으로 어떻게 살아야 하는가? 우리는 어떻게 죽음을 맞이해야 하는가?

1 자기중심성의 다양한 변주

〈산둥 수용소〉

〈산둥 수용소〉는 저자가 미국과 일본이 전쟁을 하던 당시 중국 산둥성에 있는 민간인 포로수용소에서 있었던 일을 회고하는 형식으로 들려주고 있다. 그 수용소에는 중국 각지에서 일하던 서양 여러 나라에서 온 상사원, 선교사, 기술자, 사업가 등 다양한 배경을 가진 사람들이 수용되어 있었다.

저자 랭던 길키(Langdon Gilkey)는 당시 결혼하지 않은 청년이었는데 하버드 대학을 졸업한 후 중국 연경대학에서 영어를 가르치고 있다가 산둥 수용소에 수용되었다. 그는 전쟁이 끝난 후 신학을 공부하여 1989년 은퇴할 때까지 시카고 대학의 신학 교수로 있었다. 신학 교수인 저자는 수용소에서 함께 지냈던 사람들의 행태, 갈등, 사건을 자세히 기록하면서 인간과 공동체에 대한 자신의 생각을 정리해 놓았다.

§사회의 압축판 산둥 수용소

산둥 수용소는 폭이 180m, 길이가 140m 정도의 작은 규모였는데, 많을 때는 2,000명 정도가 수용되었다. 잠을 잘 수 있는 공간은 비좁았으며, 식사 준비와 배식은 혼잡할 수밖에 없었다.

이런 상황에서 사람들은 수용소 생활에 필요한 일들을 분담하고 협조하면서 살아야 했다. 이들은 전쟁 포로가 아니라 민간인 신분이었기 때문에 감시탑에서 군인들이 경계를 서고, 일본군 수용소장의 통제를 받는 것 외에는 자율성을 인정받고 있었다. 저자 랭던 길키는 이 수용소가 갖는 의미를 다음과 같이 말했다.

"이 수용소는 크고 복잡한 사회를 관찰 가능한 정도로 축소한 규모에다 삶에 엄청난 긴장감까지 더해져서, 인간 사회의 근본적인 구조를 여실히 드러냈다. 내가 이 책을 쓴 것은, 수용소에서의 삶이 일상적인 삶보다 인간의 사회적, 도덕적 문제들을 더욱 선명하게 드러내고, 인간이 공존할 수 있는 토대를 보여주었기 때문이다."[21]

아우슈비츠 강제 수용소와 달리 산둥 수용소는 일정한 한계 속에서 자율성이 보장된 사회였다. 처음에는 통제가 느슨했지만 전쟁 말기에는 상황이 악화되어 식량이 절대적으로 부족한 상황에 이르자 통제가 엄격해졌다. 산둥 수용소의 삶은 우리 현실의 다양한 상황에

---

21 랭던 길키, 〈산둥 수용소〉 (서울: 새물결플러스, 2017), 14.

서 벌어질 수 있는 장면을 압축해서 보여주었다.

§ 성과 음식

사회에서의 삶이 그렇듯이 수용소의 삶에서도 중요한 것은 먹는 문제와 다른 사람과 공존하는 문제였다. 인간은 먹어야 하는 존재이며, 남녀가 사랑을 나누는 성적인 존재이며, 더불어 살아가는 사회적 존재다. 산둥 수용소에 수용된 사람들은 음식과 성 문제를 어떻게 해결하고 조정하였을까?

§ 성(性)에 대한 열망

음식에 대한 욕구와 함께 성(性)에 대한 열망은 인간의 생물학적 기반을 확인시켜주는 확실한 증거다. 수용소라는 제한된 공간에서 살면서 자유를 제약받는 특수한 상황 속에서도 사람들의 성적 욕구는 꺼질 줄을 몰랐다. 젊은 남자들은 수용소 안에 자신 또래의 괜찮은 여자들이 있다는 것을 알고 기뻐했다.

저자 길키는 앨리스라는 영국인 여자를 사귀면서 수용소 생활이 참을 만했으며, 때로는 즐겁고 유쾌하기까지 했다고 술회하였다. 수용소라는 제한된 장소와 여건 속에서도 남자와 여자는 좋아하는 사람을 은밀히 만나 성적 욕구를 채웠다.

"지금 돌이켜 보면, 수용소라는 황량하고 불확실한 삶에서도 적어도 사랑하고 사랑받는 느낌을 통해 깊은 위로를 받으려 했던 것은 너무나 자연스러웠다. 인생에서 사랑은 가장 중요한 가치임이 분명하다."

§ 밥상 차리는 사람

누구나 먹어야 산다. 먹고 살려면 누군가는 밥상을 차려야 한다. 전통적인 사회에서 남자는 밖에서 일하여 식량을 조달하고 여자는 밥상을 차려내어 함께 먹었다. 그러나 수용소에서는 식량을 조달하는 사람과 밥상을 차리는 사람이 구분되지 않았다. 여자든지 남자든지 각자 직책과 능력에 따라 맡은 일을 할 뿐이다. 식량 보급품이 수용소에 도착하면 주방 책임자는 어떻게 효과적으로 음식을 만들어 배식할지 계획하고 대원들과 함께 식사 준비에 들어간다. 여자들은 당근을 썰고 감자 껍질을 벗기고, 남자들은 야채 바구니를 옮기고, 오래된 욕조에서 씻는다. 사회에서의 신분, 경력, 남녀를 불문하고 사람들은 각자 맡은 일을 할 뿐이다.

§무엇보다 절박한 문제, 음식

수용소 안이나 밖이나 사람들에게 가장 절박한 문제는 먹는 문제다. 처음에는 수용소 생활 1년 내내 고기, 감자, 곡물, 채소 등이 공급되어 수용자들이 원하는 만큼 먹을 수 있었다. 거친 식사에 익숙해지지 않아서 그렇지, 배고플 걱정은 하지 않아도 되었다.

그러나 전쟁 막바지에 식량 배급이 턱없이 부족하게 되자 수용소 사람들은 굶주림에 허덕여야 했다. 채소의 양과 질도 형편없어졌다. 사람들은 늘 배고픔을 겪어야 했고, 앞으로 더 굶주리게 될 거라는 불안에 떨어야 했다. 수용소에 있는 기간 사람들은 20kg, 어떤 사람은 거의 45kg의 체중이 빠졌다. 사람들은 처음에는 정치, 종교, 성(性)을 주제로 이야기하다가도 대화가 끝날 때는 거의 음식에 대한 상상과 추억으로 마무리되었다.

사람들의 생각은 지칠 줄 모르고 줄기차게 음식을 향하여 달려갔다. 언제나 배고픈 상태였기 때문에 사람들이 가장 바라는 것은 조금이라도 더 많이 먹는 것이었다. 음식에 대한 열망은 인간 영혼의 생물학적 기반을 확인시켜주는 확실한 증거였다.

§ 음식, 미래를 보장해주는 피난처

　사람들은 음식이 충분하면 미래를 보장받은 것처럼 안심이 되고, 음식이 없으면 미래를 보장받지 못한 것 같아 불안하고 두려워한다. 그러나 풍요로운 사회에서 사는 사람들은 살면서 식량을 의식하지 않는다. 그들은 식량이 있는 것을 당연하게 생각한다. 만약 식량이 떨어지면 언제든지 식량을 구입할 수 있기 때문에 식량의 권세를 실감하지 못한다.

　풍요로운 사회에서는 〈주기도문〉에 나오는 "오늘 우리에게 일용할 양식을 주십시오"라는 기도가 절실하지 않다. 그러나 식량이 당연히 주어지는 것이 아니라는 것을 절감할 때가 있다. 당장 내일 먹을 음식이 없을 때가 있다. 식량이 없는 상태가 얼마나 계속될지 모르는 상황에 처할 때가 있다. 그런 상황에 놓이면 음식에 대한 생각이 예전과 달라진다. 사람들은 음식이 미래를 보장해주는 힘도 있고, 생명을 박탈하는 힘도 있다고 생각하게 된다.

　1944년 9월, 미국 적십자사가 일본 적십자사를 통해서 보낸 수백 개의 물품 상자 중에서 200개의 상자가 산둥 수용소에 있는 미국인들에게 전달되었다. 상자 안에는 가루우유, 담배, 가루 커피, 버터, 스팸, 치즈, 초콜릿, 설탕, 잼, 연어, 말린 자두 등이 들어 있었다. 그리고 별도로 양말, 외투 작업복 등 필수 의류도 전달되었다. 영양가 풍부한 음식을 거의 먹지 못했던 수용소 사람들에게 20㎏이나 되는 맛있고 지방질이 풍부한 음식은 하늘에서 떨어진 '만나'와 같았다.

수용소 사람들에게 소포 꾸러미는 그동안 먹지 못했던 음식을 먹는 기쁨 그 이상의 의미가 있었다. 침대 위에 늘어놓은 음식 꾸러미들은 상당히 오랫동안 배고픔을 면하게 해줄 보호소였다. 배고픔이 절박할수록 음식은 미래를 보장해주는 피난처로 여겨졌다.

그렇다. 음식은 우리의 생명을 보장해주는 절대적인 힘으로 우리를 지배한다. 식량을 소유하는 데는 질리는 법이 없고, 불확실한 미래를 대비하기 위해서는 아무리 쌓아 놓아도 불충분해 보인다. 더 쌓아 놓으려는 인간의 욕구에는 끝이 없다.

1944년 12월에 접어들면서 음식은 바닥이 났고, 식량 배급은 급격히 줄어들었다. 석탄은 아주 소량만 배급되었다. 사람들은 추위와 배고픔에 거의 죽을 지경이었다. 그런데 추운 1월 어느 날 놀라운 일이 벌어졌다. 수레 위에 엄청난 양의 적십자 구호품이 실려 수용소에 도착한 것이다. 14대의 수레 위에는 미국 적십자사 표시가 붙어 있었다.

이틀 후 일본인 수용소장이 분배 원칙을 발표하였다. 다른 나라 국적인 사람들은 꾸러미 한 개를 받고, 미국인은 한 개 반을 받게 된다는 것이다. 사람들은 뜻밖의 선물에 감격하였다. 그 정도면 수용소 배급 상황이 어떻게 되든 다음 봄까지는 버틸 수 있다고 생각했다. 공식적인 발표에 미국인들도 수긍하였다. 그런 좋은 분위기 가운데 다른 나라 사람들은 미국인의 관대함을 고마워하고 칭찬하였다.

§ 분열과 적대감을 불러온 식량

음식은 생명을 존속시키고, 생명을 박탈하는 힘만 있는 것이 아니다. 식량은 사람을 결속 시키는 힘도 있고, 분열시키는 힘도 있다. 식량이 공동체를 소용돌이 속으로 몰아넣는 것을 경험한 랭던 길키는 도덕적 성품이 인간 공동체에 얼마나 중요한지 확인할 수 있었다. 사건은 이렇게 전개되었다.

다음 날 아침 축제 분위기 속에서 사람들은 물건을 받으려고 줄을 섰다. 그런데 10시가 되기 직전 게시판에 붙은 공고문과 함께 갑자기 모든 것이 바뀌었다. 공고문에는 짧지만 의미심장한 문장이 적혀 있었다.

"미국인 측이 제기한 항의로 인해, 물품 배급은 공고된 오늘 날짜에 할 수 없음을 밝힌다. -사령관-"

알고 보니 7명의 젊은 미국인이 수용소장인 사령관을 찾아가 항의했다는 것이다. 미국 적십자사에서 보낸 물품을 미국 시민이 아닌 다른 국적 사람들에게 배포하는 것은 직권 남용이라는 것이다. 소장은 논리정연한 항의에 당황하여 꾸러미 전달을 연기하였다.

7명의 행동으로 인하여 미국인들은 생명을 유지해줄 음식을 배고픈 동료들에게 나누어주지 못하도록 방해한 사람들이라는 비난을 면할 수 없었다. 함께 살아가던 공동체가 서로 적대적인 집단으로 완전히 분열되었다.

150   III 한계 상황 속의 '음식 인생'

생명을 주기 위해 전달된 성탄 선물이 평화를 가져온 것이 아니라 분열과 적대감을 가져왔다. 선물은 수용소 중앙에 말없이 놓여 있고, 그 주위에는 인간의 탐욕과 증오라는 돌풍이 소용돌이치고 있었다. 일본 도쿄에서 어떤 지시가 내려오기까지 기다리는 동안, 절망적인 상황에 배고프고 불안해진 사람들은 마음속에 적대감, 질투, 분노와 갈등이 들끓었다.

전달된 음식물이 공동체 전체의 유익을 위해 사용된다면, 그것이 모든 사람에게 축복이 되겠지만 몇몇 소수의 사람을 위한 것으로 비축될 경우 음식물은 파괴적인 물건이 된다. 실제로 음식물은 사람들을 분리시켰으며, 공동체의 연합정신과 도덕성을 모두 파괴하고 말았다.

§ 음식물에 드러난 인간의 이기심

랭던 길키도 인정했다. 누구든지 굶주림을 겪으면 음식에 대한 욕구가 폭증한다는 것을. 인간은 물건을 소유하는 데는 질리는 법이 없고, 불확실한 미래를 대비하기 위해서는 아무리 쌓아 놓아도 불충분해 보인다는 것을. 식량이 바닥난 상황에 처한 사람은 관대한 행동을 할 수 있는 자유가 없으며, 오직 자기 이익에 충실할 수밖에 없다는 것도 받아들였다. 그렇지만 랭던 길키는 인간은 굶주리면서도 다른 사람과 함께 나눌 수 있는 존재이기도 하다는 사실을 믿고 싶었다.

§ 미래를 걱정하고 대비하려는 인간의 본성

길키는 젊은이들의 마음을 이해할 수 있었다. 굶주림을 예견하고 자기 몫의 식품 꾸러미를 갖겠다고 하는 이기적이고 탐욕적인 반응은 짐승 같은 반응이 아니라 매우 인간적인 반응이라고 생각했다. 동물이라면 지금 먹을 것이 주어지면 만족할 것이다. 그러나 인간은 현재에 필요한 것뿐 아니라 미래에 닥칠 위험을 감지하고 대비하기를 원한다. 그런데 바로 그 점, 즉 인간은 자신의 미래에 닥칠지 모르는 위험에 대비하기 위해서 노력하는 존재이기 때문에 동료 인간에게 훨씬 더 가혹할 수 있으며 물건을 가지려는 욕구에 있어서도 훨씬 더 탐욕스러울 수 있다.

길키는 음식 배급을 취소하게 만든 젊은이들의 마음을 이해하더라도 그들의 잘못된 생각을 바로잡고 배급이 모두에게 돌아갈 수 있는 길을 찾아야 한다고 생각했다. 그는 자신과 생각이 같은 사람들의 의견을 모아 문제를 해결하려고 나섰다.

그러나 미국인들을 만나 본 결과는 예상 밖이었다. 이유는 다양하지만 결국 다른 국적의 사람들과 음식을 나눌 수 없다는 것이다. 미국인에게 주기 위해 보내온 물품을 양보할 수 없다고 직설적으로 말하는 사람도 만났다.

"나는 미국인이고 그 물건들은 내 것이요. 내 분량은 끝까지 다 받아낼 거요. 다른 사람들에게 미안하기는 하지만 이건 우리 물건이요. 그들 정부는 왜 넋 놓고 있는 거요? 형편없는 외국 놈들이 우리 물건을 받을 일은 없을 거요!"

　그 사람의 주장은 지난 2년이라는 힘든 시간을 '외국인들'과 함께 살고 일했던 미국인들의 평균 생각이었다. 자신의 안전이 위기에 처하자, 이웃과의 연대감이나 이웃에 대한 책임감은 완전히 사라져버렸다.

§ 식량 위기와 인간의 간지(奸智)

　길키는 여러 미국인을 만나면서 자신의 욕망과 이기심을 위해 동원할 수 있는 그럴듯한 이론이 그렇게 많을 수 있다는 사실에 충격을 받았다. 예리한 지성을 가진 사람일수록 더 그럴듯하게 자신의 욕심을 합리화했다. 많이 배우고 교양 있는 전문직 사람들의 법률, 신앙, 도덕 이론은 자신의 탐욕을 포장하는 간지(奸智)에 불과했다.

　"나는 속으로 생각했다. 우리가 자신을 속일 수 있는 방법들이 놀라웠다. 우리는 자신의 진짜 욕망과 욕구를 스스로에게도 감추기 위해 직업적이거나 도덕적인 옷을 입는다. 그러고는 이기적 관심이라는 진짜 속내 대신 객관성과 정직이라는 겉옷을 걸치고 세상에 나간다. … 인종과 계급을 뛰어넘어 굶주리는 사람들을 먹이기 위해 선한 영혼을 가진 수많은 사람이 자발적으로 후원하여 만든 적십자사가, 지금은 절대적인 소유권을 주장하는 소규모 집단에 의해 이용당하고 있다니, 참으로 역설적이었다!"[22]

법을 전문으로 다루는 변호사는 이렇게 주장했다. 그는 미국인의 권리를 내세우면서도 자신이 선한 사람임을 포기하지 않으려고 했다.

"이건 미국인 재산입니다. '이 부분'에 대해서는 의문을 제기할 수 없습니다! … 반드시 이 지옥 같은 곳에서 우리는 미국 재산에 대한 권리를 지켜야 합니다…. 하지만 이건 전문적인 변호사로서의 의견입니다. '개인적으로는 몇 개의 꾸러미를 받든 상관없습니다.'"

§ 도덕성과 공동체

길키는 선교사도 만났다. 적어도 선교사는 자기 의견에 동조해 주리라고 믿었다. 그러나 도덕을 거론하며 자기주장을 펼치는 보수적인 나이 지긋한 선교사의 주장을 듣고 기가 막혔다. 선교사는 미국인을 위해 전달된 꾸러미를 다른 국적 사람들과 나누라고 강요받는다면 거기에 미덕이란 있을 수 없다고 주장하였다. 그 꾸러미는 미국인들이 받아야 마땅하며, 그것을 다른 사람에게 나누어주는 것은 미국인이 자발적으로 결정할 문제라는 것이다. 적군 수용소장의 명령으로 그 꾸

---

22 〈산둥 수용소〉, 214.

러미를 다른 나라 사람들과 나누는 것은 도덕적인 행동이 될 수 없다는 것이다. 어떤 권위에 의해 강요된 행동은 그것이 모든 사람에게 유익한 결과를 가져오더라도, 절대로 도덕적일 수 없다는 논지를 폈다.

길키는 도덕적 행위를 개인의 거룩함을 위한 도구 정도로 보는 선교사의 이론은 옳지 못하다고 생각했다. 도덕적 행위는 개인의 덕을 함양하기 위한 것이 아니라 공동체 사람들 간의 상호 관계를 좋게 증진시키는 것이 되어야 한다고 보았다. 그는 도덕적 행위란 다른 사람의 필요를 내 필요와 동등하게 여기는 것이며, 이웃의 복지에 대한 관심을 행동으로 표현하는 것이 되어야 한다고 생각했다. 반면에 비도덕적 행위란 자기 자신을 위해 이웃을 망각하는 행위라고 보았다. 그래서 길키는 그 선교사에게 "모든 사람과 나누려는 노력은 도덕적인 것이며, 그런 나눔을 막으려는 행동은 비도덕적인 것"이라고 말해주었다.

§ 이기심을 선하게 포장하려는 인간의 이기심

사람들은 자신을 선한 사람으로 보이고 싶어 한다. 이기심에 가득차 있으면서도 이기적인 사람으로 보이고 싶어 하지 않는다. 사람들은 자신의 본심을 숨기거나 도덕적인 이상주의로 포장하여 자신을 그럴듯하게 보이려고 한다.

"법적이거나 도덕적인 주장, 심지어 종교적인 주장조차 이기적인 자기 행위를 위장하려는 의도를 숨기고 있다. 더 심한 것은, 이런 도덕적인 위장에 자기 자신도 속는다는 사실이다."

며칠 후 도쿄에서 결정 사항이 내려왔다. 이런 내용이었다. 모든 수감자에게 구호품 한 꾸러미씩을 배급한다. "이전에 미국인들에게 주기로 했던 나머지 100꾸러미는 다른 수용소로 보낸다."

§ 감사를 잊어버린 인간

일본이 항복하자 산둥 수용소 사람들은 수레에 실려 들어오는 넉넉한 식품을 마음껏 먹을 수 있게 되었다. 해방된 지 첫 주에는 너무 많이 먹어서 계속 토해야 했다.

그 후 벌어진 일련의 경험을 통해서 저자 랭던 길키는 사람들이 얼마나 빨리 옛날의 무심함으로 돌아가는지 놀랐다. 사람들은 모든 것을 당연하게 여겼으며 풍성한 음식이 자신 앞에 놓여 있어도 아무런 감흥도 느끼지 못했다. 며칠 전, 몇 주 전에 그렇게 간절히 열망했던 것을 얻게 되었기 때문에 사람들은 몇 달만이라도 진심으로 고마워하고 즐거워할 줄 알았다. 하지만 사람들은 모든 것을 당연하게 여겼다. 모든 것은 다시 일상이 되어버렸다.

III 한계 상황 속의 '음식 인생'

산둥 수용소 사람들은 기대하고 바랐던 것이 일상이 되었지만 행복하지 않았다. 그들은 좀 더 만족시키기 어려운 소원을 가지게 되었을 뿐이다. 자유를 얻은 사람들은 자유롭게 누울 수 있는 집을 원했고 충분히 먹을 것을 얻은 사람들은 칵테일이나 해산물을 원했다. 삶의 필수품이 채워지니까 그것을 당연하게 여기고 더 고급 물품을 원하게 되었다. 그것은 인간이라는 동물이 가진 절대 채워질 수 없는 욕구다. "역설적이게도 정말 인간은 빵만으로 살 수 없다." 밥통이 채워지는 즉시 인간은 더 맛있는 것, 더 고급스러운 것을 끝없이 요구한다.

미국 본토로 돌아간 랭던 길키는 산둥 수용소에서 경험하고 확인했던 인간의 모습을 미국 사회와 교회에서도 확인할 수 있었다. 전쟁 후 황폐한 나라를 돕자는 제안에 대해서 어떤 신문은 "우리 것을 거저 퍼다 주어서는 안 된다"고 주장하였다. 저자는 그러한 주장에서 식품 꾸러미 7개 반을 모두 갖겠다고 싸우던 산둥 수용소 미국인의 모습을 떠올렸다.

§ 신앙으로 포장된 인간의 이기심

미국으로 돌아온 랭던 길키는 곳곳에서 강연 요청을 받았다. 다양한 친목 단체, 여성 단체, 학교, 교회에서 일주일에 두 번씩 연설할 기회를 얻었다. 그가 수용소에서 식품 꾸러미에 얽힌 갈등과 싸움에 대해서 이야기하면 다들 경악했다. 청중들은 '미국인들'이 정말 그렇게 이기적으로 행동했다는 것을 믿을 수 없다고 했다.

그런 반응을 보고 나서 길키가 현재 미국이 가진 것을 다른 나라에게 주어야 한다고 권하면 사람들은 다들 한 발 뒤로 뺐다. 수용소의 상황과 현재 미국의 상황은 다르다는 것이다. 심지어 "수용소에서 동료들과 음식을 나누는 것은 인간으로서 당연히 해야 하는 일이지만, 외국인들에게 우리의 음식을 거저 주는 것은 비도덕적인 일이라고 따지는 사람도 있었다.

한 번은 한 여선교회 모임에서 강연을 하게 되었다. 풍성한 음식이 식탁에 차려져 있고, 화려하게 차려입은 부인들이 은혜가 넘치는 모습으로 앉아 있었다. 그들에게 랭던 길키는 배고픔의 문제와 나눔의 필요성에 대해 평상시보다 더 강하게 강조했다.

그 강연에 대해 여선교회 회장은 자신의 생각을 말했다. 요약하자면 이렇다. 강사가 좋은 의도로 말했겠지만 여선교회의 관점을 이해하지 못한 것 같다. 우리는 물질의 가치를 절대 믿지 않는다. 우리가 중요하게 여기는 것은 영적인 가치다. 단순히 물질적 영역에서 누리는 혜택을 주는 것은 의미가 없다. 우리의 영적인 이상, 종교적 신념, 도덕성, 내면적인 삶의 가치를 유럽과 세계만방에 전해야 한다. 영적인 책을 해외에 보내는 일에 집중해야 한다. 인간의 영혼에 크게 도움이 되지 않는 물질에 집중하는 것은 동의할 수 없다. 자, 이제 집주인이 준비한 맛있는 음식을 먹읍시다.

§ 믿음, 자기 중심성의 포기

저자 랭던 길키는 자신의 산둥 수용소 경험과 신학적인 이해를 토대로 신앙에 대한 메모를 남겼다.

"진정한 신앙인은 의미와 안정성의 중심을 자신의 생명에 두는 대신 하나님의 능력과 사랑 안에 둔다. 그는 자신에 대한 과도한 관심을 포기했기 때문에 그의 삶에서 진짜로 중요한 것은 하나님의 뜻과 이웃의 복지가 된다. 이런 신앙은 사랑과 밀접한 관계가 있다. 왜냐하면 신앙은 내적으로 자기 자신을 내려놓는 것이고, 자기중심성을 포기하여 사랑할 수 있도록 만들기 때문이다."

"구원은 영혼의 내적 평안이고, 다른 사람과 건강하고 진정한 관계를 맺을 수 있는 능력이며, 주위 세상과 이웃을 향한 창조적인 관심으로 정의될 수 있다."[23]

---

23 〈산둥 수용소〉, 458-459.

2 음식의 위력과 인간의 얼굴

〈이것이 인간인가〉〈죽음의 수용소에서〉
〈이반 데니소비치, 수용소의 하루〉〈수용소 군도〉

〈이것이 인간인가〉에서 저자 프리모 레비는 아우슈비츠 수용소에서 인간에 대한 모든 기대가 무너져 내림을 경험했다. "인간이라면 이렇게까지 할 리가 없다"고 생각했던 모든 것이 실제로 행해지는 것을 목격하면서 절규한다. '이것이 인간인가?'

〈죽음의 수용소에서〉를 쓴 정신과 의사 빅터 프랭클은 프리모 레비와는 다른 질문을 한다. 내일을 알 수 없는 참혹한 상황에서 산다는 것이 무슨 의미가 있을까? 그 속에서 어떻게 의미 있는 삶을 발견하고 유지할 수 있을까?

〈수용소 군도〉와 〈이반 데니소비치, 수용소의 하루〉를 쓴 솔제니친는 스탈린의 공포정치와 흐루시초프의 반동 정치를 겪어낸 작가다. 그는 1945년 이후 1956년 소련연방 최고재판소 군사 심의관 회의에서 복권되기까지 유형지를 돌며 경험한 수용소 생활을 담담히 기록하였다. 솔제니친이 경험한 소련의 수용소는 '아우슈비츠 강제수용소'보다는 정도가 약하지만, 수감자들은 매우 가혹한 조건에서 먹어야 했고, 살아남아야 했다.

앞 장에서 다룬 〈산둥 수용소〉가 어느 정도 자율성이 보장된 현실 사회의 축소판이라면 여기에서 소개하는 네 권의 책은 굶주림과 강제 노동을 강요받는 한계 상황 속에서 인간이 어떻게 반응했는지 보여준다. 이 책들은 음식과 성에 대한 수감자들의 생각과 행태에 대해서 공통되는 점도 보여주지만, 그들이 처한 가혹한 현실의 정도에 따라 조금씩 다른 결을 보여주기도 한다.

§ 수용소에서 살아남으려면

- 모든 기대를 포기하라.

수용소에서는 오늘 하루를 버텨내야 한다. 살아남기 위해 움직이는 것, 숨 쉬는 것, 심지어 생각하는 것까지 아끼는 법을 배워야 한다.

수용소는 모든 기대와 예측이 전혀 통하지 않는 공간이다. 프리모 레비는 아우슈비츠 수용소를 인간에 대한 모든 기대를 포기해야 하는 장소로 인식한다. 수용소에서는 모든 예측이 헛되다. 이해할 수 없는 일들이 아무렇지도 않게 일어나기 때문이다. 인간이 어떻게 그럴 수 있느냐는 질문은 소용없는 질문이다.

"'이해하려 애쓰지 마라. 미래를 상상하지 마라. 모든 게 언제 어떻게 끝나게 될지 생각하며 괴로워하지 말라'는 게 우리의 지혜였다."[24]

사람들은 살아가면서 미래를 걱정하고, 더 나은 미래를 위해 계획을 세우고 준비한다. 미래를 위해 공부하고, 저축하고, 이런저런 일을 한다. 그러나 수용소 사람들은 미래가 없다. 오늘 하루를 무사히 넘기는 것이 유일한 희망이다. 수용소에서는 미래도 포기해야 한다. 미래에 대한 섣부른 기대는 반드시 좌절을 안겨준다. 해방을 기대했던 사람은 절망에 빠져 죽음의 품에 안기게 된다.

- 모든 일에 무감각해져라.

상상을 넘어선 참혹한 일들이 당연한 듯 벌어지는 상황에 놓인 수감자들은 아무리 잔혹하고 비인간적인 일이 벌어져도 무심하게 바라본다. 아니 무심하게 보아 넘겨야 한다. 아니 그 안에 있으면 어떤 일이 일어나도 무심하게 된다. 동상에 걸려 발가락이 시커멓게 썩은 살을 하나씩 끄집어내는 것을 보면서도 사람들은 혐오감, 공포, 동정심 같은 감정을 더 이상 느낄 수 없다. 그런 일들보다 처참한 것들을 일상적으로 보았기 때문이다.

발진티푸스로 한 사람이 숨을 거두자 나머지 사람들이 다가가고

---

24 프리모 레비/이현경 옮김, 〈이것이 인간인가〉 (파주: 돌베개, 2016), 179.

그중에 한 사람이 죽은 사람이 먹다 남긴 지저분한 감자를 낚아채 갔다. 수감자들은 매일같이 반복되는 구타에 대해서도 무감각해진다. 학대, 모멸감, 비인간적인 행동에 무감각해지는 것은 살아남기 위해서다. 일상에서처럼 감정적인 반응을 보이면 그곳에서는 살아남을 수가 없기 때문이다.

§ 음식의 존재감

　– 수감자, 살아 있는 배고픔.

인간은 동물과 마찬가지로 먹어야 사는 존재다. 그런데 수용소는 먹을 수 있는 것이 거의 없다. 항상 배고프다. 그래서 수용소 사람들은 매일 똑같은 말을 한다. '배만 고프지 않다면!' 그러나 수용소에서 어떻게 배가 고프지 않기를 바랄 수 있겠는가? 레비는 수용소 자체가 배고픔이라고 한다. 수감자 자신이 배고픔, '살아 있는 배고픔'이라고 한다.[25]

　– 식사, 유일한 삶의 목적.

사람은 살기 위해 먹지만, 먹기 위해 사는 것도 사실이다. 풍요로운

---

25 프리모 레비 〈이것이 인간인가〉, 111.

사회에서는 언제든 먹을 수 있기 때문에 그냥 먹는 것이지, 살기 위해 먹는다는 생각은 하지 않는다. 맛있는 음식을 찾아 먹고 즐기면서 삶의 기쁨을 만끽하면 된다.

그러나 굶주림이 일상화된 수용소에서는 살아 있는 모든 순간이 먹는 일에 맞추어진다. 수용소 사람들의 모든 관심과 일정은 음식을 중심으로 돌아간다. 그들에게 식사는 살아 있는 목적이다. 빵 한 조각이라도 먹기 위해 모든 활동이 집중된다. 그들은 살기 위해 먹고, 먹기 위해 산다. 솔제니친은 이반 데니소비치 슈호프의 입을 빌려 수용소에서는 식사 시간이, 즉 먹는 일이 유일한 삶의 목적이라고 한다. 식사는 그만큼 절실하고 절박한 것이다.

"수용소 생활에서 잠자는 시간을 제외하며, 아침 식사 시간 십 분, 점심과 저녁 시간 오 분이 유일한 삶의 목적인 것이다."[26]

― 빵 한 덩이의 무게감.

사회에서라면 거들떠보지도 않았을 검은 빵 한 덩이의 존재감은 세상 어떤 것보다도 무겁다. 감방에 음식이 배달된다. 그 빵 한 덩이를 받는 것이 하루에서 가장 중요한 사건이다.

"감자를 섞어 만들어 제대로 부풀어 오르지도 않고 눅눅하기만 한 이 검은 빵 450g은 우리 '생명의 지주'이고 하루의 가장 중요한 사건이다. 이제야 생활이 시작된다! 바로 이 시간부터 하루가 시작되는 것

---

26 알렉산드르 솔제니친/이영의 옮김, 〈이반 데니소비치, 수용소의 하루〉 (민음사, 2017) 23.

이다! 빵을 어떻게 먹을지, 나눠 먹을지 차와 함께 먹을지 당장 모두 먹을지 다양한 생각이 지나간다. 그러나 이 궁상맞은 생각 외에도 이 한 토막의 빵은 우리들에게 광범한 토론의 주제를 제공해준다."[27]

– 빵 부스러기의 소중함.

누구나 먹어야 산다는 것쯤은 안다. 굶주림에 시달려 본 세대는 자녀들에게 쌀 한 톨도 함부로 버리지 말라고 가르친다. 그러나 가르치지 않아도 굶주림이 반복되면 쌀 한 톨의 중요성을 알게 된다. 수용소 사람들은 어떻게 해야, 어느 줄에 서야 조금이라도 더 먹을 수 있는지 안다.

"우리는 음식물의 중요성도 알게 되었다. 이제 우리도 식사를 마친 뒤 반합의 바닥을 열심히 긁어내고, 빵을 먹을 때는 부스러기를 떨어뜨리지 않기 위해 턱 밑에 반합을 댄다. 이제 우리는 죽통의 윗부분에서 푼 죽과 밑에서 푼 죽이 같지 않다는 것도 안다. 우리는 죽통의 크기에 따라 줄을 설 때 어느 죽통 앞에 서는 게 제일 유리한지 계산할 수 있다."[28]

– 빵을 향하여 돌진하는 인간.

레비는 이른 새벽 기상하자마자 모든 수감자들이 빵을 향하여 돌

---

27 알렉산드르 솔제니친/김학수 옮김, 《수용소 군도 1》 (파주: 열린책들, 2017), 312.
28 프리모 레비, 《이것이 인간인가》, 45.

진하는 모습을 묘사한다. 물론 그 안에는 레비도 있다.

"벌써 기상 시간이다. 온 막사가 떠나갈 듯 흔들리고, 불이 켜지고, 내 주변 사람들은 모두 급작스러운 부지런에 사로잡힌다. 그들은 이불을 털고 악취 나는 먼지구름을 일으키고, 누구에게 질세라 급히 옷을 입고, 옷을 채 다 걸치기도 전에 얼음같이 찬 공기 속으로 달려나가서 변소와 세면장으로 들이닥친다. 많은 사람들이 오로지 시간을 벌 목적으로 짐승처럼 달리면서 오줌을 눈다. 5분 후에 빵이 배급되기 때문이다. 빵- pane, Brot, Broid, chleb, pain, lechem, keyner- 그 성스럽고 거무스레한 조각 말이다."[29]

– 생존을 위한 음식, 그 황홀한 맛.

한가한 학자들은 사람들이 생존을 위해 먹는지, 맛을 즐기기 위해서 먹는지 이론을 전개한다. 음식을 생존의 관점에서 생각하는 사람도 있지만 음식을 맛의 관점에서 보는 사람도 있다.

먹을 것이 절대적으로 부족한 수용소 사람들은 음식을 생존의 관점에서 볼 수밖에 없다. 그러나 살아 있는 배고픔 자체인 수용소 사람들은 우리가 상상도 할 수 없는 식사의 쾌감에 대해서 말한다. 〈이반 데니소비치, 수용소의 하루〉에서 주인공 이반 데니소비치 슈호프는 굶주린 사람에게 음식은 생존을 보장해주는 것이지만 동시에 가장 큰 쾌락을 준다고 말한다.

---

29 프리모 레비, 〈이것이 인간인가〉, 53-54.

Ⅲ 한계 상황 속의 '음식 인생'

그날 날씨는 매우 추웠다. 슈호프는 아침에 배당받아 앞섶에 보관했던 빵을 꺼냈다. 점심시간이 되지 않았지만 허기를 참을 수 없었던 그는 빵을 조금씩 물어뜯어 오물오물 씹기 시작했다. 그는 빵을 먹으면서 느끼는 음식의 맛에 대해 말한다. 입맛을 잃은 사람은 산해진미도 맛이 없지만 굶주린 사람에게는 생존을 위해 먹는 설익은 빵이 얼마나 황홀한 맛인지 모를 것이라고 생각한다.

"음식은 그 맛을 음미하면서 천천히 먹어야 제맛을 알 수 있는 것이다. 말하자면, 지금 이 빵조각을 먹듯이 먹어야 하는 법이다. 입 안에 조금씩 넣고, 혀끝으로 이리저리 굴리면서, 침이 묻어나도록 한 다음에 씹는다. 그러면, 아직 설익은 빵이라도 얼마나 향기로운지 모른다."[30]

§음식과 인간, 인간됨

─ 짐승같이 처먹는 사람도 여전히 인간이다.

굶주림이 심하면 누구나 음식 앞에서 짐승이 될 수밖에 없다. 먹을 것이 풍성한 사람은 허겁지겁 퍼먹는 사람을 비웃을 수 있다. 그러나 며칠 제대로 먹지 못한 상태라면 그 사람 역시 짐승같이 음식을 향해 달려들어 처먹을 것이다. 누구도 그런 모습을 조롱해서는 안 된다. 레

---

30 솔제니친, 〈이반 데니소비치, 수용소의 하루〉, 60.

비는 수용소에서 있었던 일을 술회한다.

대원 중에 수도사가 민간인이 버려둔 50리터 죽통을 챙겨 두었다. 카포(죄수 가운데 감독으로 임명된 사람)가 묻는다.

"Wer hat noch zu fressen? 누가 처먹을 것이냐?"

이 말은 우리를 비웃는 것도, 놀리는 것도 아니다. 그건 현실이다. 실제로 사람들은 선 채로, 숨 쉴 겨를도 없이 입천장과 목구멍을 데어가며 정신없이 먹었다. 그것은 독일어로 표현하자면 'essen', 경건하게 식탁에 앉아 먹는 인간의 식사법이 아니라 'fressen', 처먹는 짐승의 식사법이었다. 그게 어쨌단 말인가?[31]

굶주린 사람이 모처럼 생긴 죽을 동물처럼 처먹었다고 해서 누가 그 사람을 동물 같은 인간이라고 비웃을 수 있는가?

― 인간 같지 않은 인간.

레비는 배가 고프면 누구나 머리를 처박고 허겁지겁 처먹을 수 있다고 생각했다. 그러나 '수용소 자체가 배고픔'이라고 해도 인간이 해서는 안 될 선이 있다고 생각했다. 그는 수용소에서 그 선을 넘어선 인간, 인간 같지 않은 인간을 보았다. 옆 사람이 가진 배급 빵 4분의

---

31 프리모 레비, 〈이것이 인간인가〉, 115.

1쪽을 차지하기 위해 그 사람이 죽기를 기다리는 사람은 인간 같지 않은 인간이다. 그는 '생각하는 인간'이라는 전형에서 멀리 떨어진 사람이다.[32]

    – 음식을 요구하기 위해 음식을 거부하는 인간.

솔제니친은 자신이 목격한 수용소의 현실을 들려준다. 이 암담한 세상에서는 누구든지 다른 사람을 물어뜯을 수 있으며, 한 덩이 빵을 위해서 인간의 생명과 양심을 팔아버릴 수도 있다. 빵을 먹기 위해서라면 인간으로서 하면 안 되는 일을 할 수 있는 것이 인간이라는 것이다. 그렇지만 그는 음식을 개선해 달라고 음식 먹기를 거부하고 죽을 수 있는 존재도 인간이라는 사실을 목격한다.

수용소에 수감된 트로츠키주의자들이 보르쿠타 수용소 군도에서 단식 투쟁을 벌였다. 그들은 정치범과 형사범을 따로 수용할 것을 포함하여 정치범의 급식 제도를 부활시키고, 식사를 작업 성적과 관계시키지 말 것을 요구하였다. 단식 투쟁은 1936년 10월 27일에 시작되어, 132일간 계속되었다. 당국은 호스를 이용해 억지로 그들에게 영양을 공급하면서 단식을 멈추게 하려고 하였지만 실패했다. 결국에는 그들의 요구사항을 들어주기로 약속하여 투쟁을 포기하게 하였다. 그러나 약속은 지켜지지 않았다. 소련 당국은 단식 투쟁에 참가한 사람들을

---

32 프리모 레비, 〈이것이 인간인가〉, 263.

잡아다가 반혁명 활동을 계속했다는 죄를 뒤집어씌웠다.[33]

프리모 레비는 아우슈비츠 수용소 생활을 하면서 인간이라면 어떻게 이럴 수 있는지 이해할 수 없는 일을 겪었다. 자신도 모든 것을 포기하고 되는 대로 살 수밖에 없다는 생각도 했다. 그렇지만 그는 수용소 동료 슈타인라우프의 단호한 태도를 보면서 이렇게 다짐한다.

"수용소는 우리를 동물로 격하시키는 거대한 장치이기 때문에, 바로 그렇기 때문에 우리는 동물이 되어서는 안 된다."[34]

– 꽃보다 아름다운 사람.

이것이 인간인가? 이 질문은 프리모 레비가 수용소에 있으면서 사람들에 대한 절망감을 나타낸 탄식이다. 그러나 어떤 사람의 도움을 받으면서 그는 인간에게 희망을 가질 수 있었다.

대부분의 민간인에게 수용소 사람들은 불가촉천민과 같다. 그런데 이탈리아 민간인 노동자인 로렌초는 레비에게 여섯 달 동안 매일 빵 한 쪽과 자신이 먹고 남은 배급을 갖다주었다. 레비를 대신해 이탈리아로 엽서를 보내주었고, 답장도 전해주었다. 그는 자신이 보답을 받을 만한 선행을 베풀었다고 생각하지 않았기 때문에 보답받을 생각조차 하지 않았다. 선행을 행한다는 의식도 없이 선행을 하는 사람은 꽃보다 아름답다.

---

33 솔제니친, 〈수용소 군도 3〉, 426.
34 프리모 레비, 〈이것이 인간인가〉, 57.

III 한계 상황 속의 '음식 인생'

전쟁이 끝난 후 레비는 수용소에서 죽지 않고 살아나와 책을 쓰며 살게 된 것은 로렌초 덕분이라고 했다. 그가 그렇게 생각한 것은 로렌초가 그에게 상기시켜준 세상에서 어떤 가능성을 보았기 때문이었다.

"선행을 행하는 너무나 자연스럽고 평범한 그의 태도를 보면서 나는 수용소 밖에 아직도 올바른 세상이, 부패하지 않고 야만적이지 않은, 증오와 두려움과는 무관한 세상이 존재할지 모른다고 믿을 수 있었다. 정확히 규정하기 어려운 어떤 것, 선의 희미한 가능성, 하지만 이것은 충분히 생존해야 할 가치가 있는 것이었다."[35]

§ 수용소 여성들의 성과 사랑

– 아름다움을 가꾸는 여자들.

수용소라는 극한적인 상황에서도 여자들은 아름다움을 가꾼다. 남자들과 달리 여자들은 신문을 받기 위해 나갈 때도 자신의 아름다움에 신경을 쓴다. 어떤 여인이 알루미늄 숟가락을 열심히 갈고 있었는데, 그것은 자살을 위한 것이 아니라 긴 머리를 자르기 위한 것이었다.[36]

---

35 프리모 레비, 〈이것이 인간인가〉, 186–187.
36 솔제니친, 〈수용소 군도 3〉, 296.

- 몸을 내어놓는 여자.

수용소에 도착하면 목욕부터 해야 한다. 목욕탕에서 알몸뚱이가 된 여자들은 상품처럼 자세히 관찰된다. 겨드랑과 음부의 털이 깎이는데 그 일은 특권수들이 맡는다.

특권수들은 알몸으로 지나가는 여자들을 보면서 누구를 택할 것인지 정한다. 남자들은 여자들을 고른 다음 음식이 마련된 자기 방으로 데려가 다양한 방식으로 자기 요구를 받아들이도록 한다. 특권수의 욕망에 응하면 그 여자는 좋은 환경에서 많은 것을 누리며 쉬운 일을 하게 된다.

어떤 여자들은 남자 받아들이는 것을 죽음보다 참을 수 없어 한다. 어떤 여자들은 몸을 움츠리고 주저하고 당황한다. 그러나 남자들의 요구를 적극적으로 받아들이는 여자들도 있다. 나이가 지긋한 아주머니도, 아직 소녀티를 벗지 못한 처녀들도 남자들의 요구에 응한다. 수용소 생활에서 희망을 잃어버린 소녀들은 남자를 가리지 않고 받아주는 여자로 변하고 만다.[37]

- 성 상품화를 거부하는 여자의 비참한 운명.

수용소에서는 모두가 죽은 사람이나 마찬가지다. "죽은 여자의 정조가 도대체 무슨 소용이 있다는 것인가!" 이것은 여자들의 막사 속에서 노상 되풀이되는 말이다. 처음에 단호하게 남자를 거부했던 여

---

[37] 솔제니친, 〈수용소 군도 3〉, 300.

자는 거친 노동과 굶주림으로 몸이 망가져버린다. 특권수 누구도 관심을 보이지 않게 되었을 때 그 여자는 일반 남성용 죄수 막사로 찾아와 자기 몸을 빵과 바꾸기 위해 손님을 구걸한다. 먹는다는 것은 그처럼 현실적이고 처절한 것이다.

힘든 작업장에 내몰린 여자들은 결국 보잘것없는 존재로 진흙 속에 묻혀버리고 만다. 특유의 여성다움은 사라지고 생리도 없어진다. 다음번 신체검사까지 살아남은 여성이 의사 앞에서 옷을 벗은 모습은 너무 처참하여 나이를 분간할 수 없을 정도다.

– 여성의 기이한 사랑, 사랑의 광채.

수용소에 수감된 어떤 여자의 사랑은 기이하다. 사랑하는 남자와 육체관계는 없지만 그녀의 사랑은 정신적으로 더욱 깊어간다. 사랑에 빠진 여성은 잠을 이루지 못한다. 이상하게 들리겠지만 어떤 여자는 정신적으로 사랑하기 때문에 육체적 관계를 요구하는 다른 남자에게 쉽게 몸을 허락하기도 한다.

"제법 나이가 든 여자라 할지라도 어쩌다 우연히 누군가의 미소를 받거나 조금이라도 관심을 끌게 되면 밤새껏 잠을 이루지 못했다. 이 더럽고 암담한 수용소 생활에서도 사랑의 광채만은 이토록 강하게 빛을 발했던 것이다."[38]

---

[38] 솔제니친, 〈수용소 군도 3〉, 313.

육체적인 사랑은 하지도 않고 필요하지도 않은 여자들도 있다. 그런 여자는 다른 사람에게 사랑을 기울이고 마음을 기울여 도와주면서 여성적 본래의 욕구를 충족한다.

"이 여성들은 정욕을 원했던 것이 아니라 누군가를 돌보아주고, 누군가를 따스하게 위로해주고, 자기 몫을 떼어서라도 그에게 먹여주고, 그의 옷가지를 빨아주고, 누더기가 된 것을 기워주고 싶다는 여성 본래의 욕구를 충족시키고 싶었던 것이다. 두 사람이 함께 쓰던 밥그릇은 그들에게 있어 신성한 결혼반지와도 같았다."[39]

§ 한계 상황 속의 음식과 성

사람은 다양한 욕구, 목표, 관심을 갖고 살아간다. 여러 사람과 만나서 협조하고 경쟁하면서 이런저런 일을 한다. 그런데 강제 수용소에 수감되어 한계 상황 속에 놓이게 되면 사람은 그동안 했던 일, 누렸던 지위, 소유했던 부가 어떠했든지 욕구와 관심은 오직 한 가지, 먹는 것에 집중된다. 그곳 사람들의 유일한 관심은 굶주림을 면하게 해줄 음식이다. 물론 이성에 대한 성적인 관심도 여전히 강렬하다. 그러나 대부분의 경우 남녀관계는 음식에 의해 타협되고 조정된다. 극

---

39 솔제니친, 〈수용소 군도 3〉, 314.

한의 굶주림과 영양실조로 체력이 바닥이 난 상태에서는 성에 대한 관심도 약해진다.

빅터 프랭클은 의사의 눈으로 아사 직전에 놓인 수감자들을 관찰했다. 그는 아우슈비츠 수용소의 수감자들은 굶주림이 너무 심해 성욕이 사라진 상태가 되었다고 했다. 남자들만 있는 다른 집단, 예를 들어 군대와는 대조적으로 수용소에서는 동성애자를 찾아볼 수 없었다. 대개 꿈에서는 현실에서 풀지 못했던 욕구나 불분명한 감정이 정확하게 나타나는 법인데도 수감자들은 꿈에서도 성행위를 하는 것 같지 않았다고 한다.[40]

§ 구원은 사랑 안에서, 사랑을 통해

극단적인 굶주림과 극악한 상황 속에서 성행위에 대한 욕구는 잦아들어도 사랑은 여전히 사람에게 생기를 주고 구원하는 힘이 있다. 사람들은 육체적으로는 최악의 한계 상황에 놓여 있었지만 어떤 사람은 그 가혹한 현실에서 빠져나와 내적인 풍요로움과 자유가 있는 세계로 도피할 수 있었다.[41]

---

40 빅터 프랭클/이시형 옮김, 〈죽음의 수용소에서〉 (청아출판사, 2012), 70.
41 빅터 프랭클, 〈죽음의 수용소에서〉, 75.

빅터 프랭클은 어느 날 자신이 경험한 일을 들려준다. 다른 사람은 그것을 환각이라고 할 것이고, 사실 환각이겠지만 그는 그 경험이 가져다주는 구원의 힘은 현실이라고 생각한다.

혹독하게 추운 겨울 아침, 작업장으로 가고 있을 때였다. 너무 춥고 고통스러운 상황에서 말을 하기도 힘든 상태였다. 그때 누군가 속삭였다.

"만약 마누라들이 우리가 지금 이러고 있는 꼴을 본다면 어떨까요? 제발이지, 마누라들이 수용소에 잘 있으면서 지금 우리가 당하고 있는 일들을 몰랐으면 좋겠소."[42]

그 말을 듣자 프랭클은 아내 생각이 났다. 비틀거리며 힘겹게 작업장으로 가고 있는 다른 동료들 역시 아무 말도 안 했지만 모두가 아내를 생각하고 있었을 것이다. 프랭클은 이따금 하늘을 바라보았는데 그의 머릿속은 온통 아내 모습뿐이었다. 그는 아내의 모습을 정확히 머릿속으로 그릴 수 있었다. 아내가 대답하는 소리를 들었고, 그녀가 웃는 것을 보았다. 그녀의 진솔하면서도 용기를 주는 듯한 시선을 느꼈다. 그는 이렇게 속으로 생각했다. 많은 시인들이 시를 통해 노래하고 많은 사상가들이 최고의 지혜라고 외쳤던 진리를 깨닫게 되었다. 사랑이야말로 인간이 추구해야 할 궁극적이고 가장 숭고한 목표인 것이다. 그는 인간의 시와 사상과 믿음이 설파하는 비밀의 의미를 간파했다. 그것을 프랭클은 한마디로 압축해 표현했다.

---

42 빅터 프랭클, 〈죽음의 수용소에서〉, 77.

III 한계 상황 속의 '음식 인생'

"인간에 대한 구원은 사랑을 통해서, 그리고 사랑 안에서 실현된다."[43]

그 순간 프랭클은 이 세상에 남길 것이 하나도 없는 사람이라도 순간이나마 사랑하는 사람을 생각하면서 더할 나위 없는 행복을 느낄 수 있다는 것을 알게 되었다. 얼어붙은 땅을 곡괭이로 내려치면서 그는 생각했다. 아내가 아직 살아 있는지 죽었는지조차 모른다는 사실을. 그 순간 그는 사랑은 사랑하는 사람의 육신을 초월해서 더 먼 곳까지 간다는 것을 깨달았다. 사랑은 영적인 존재, 내적인 자아 안에서 더욱 깊은 의미를 가진다고 생각했다. 사랑하는 사람이 실제로 존재하든 존재하지 않든, 아직 살았든 죽었든 그런 것은 하나도 중요하지 않았다. 나중에 알게 된 사실이지만 아내는 벌써 이 세상 사람이 아니었다.

아내의 생사 여부와 상관없이 빅터 프랭클은 언 땅을 파면서, 감시병의 욕설을 들으면서 사랑하는 아내와 대화를 나누었다. 그러자 점점 더 아내가 옆에 있는 것같이 느껴졌으며, 그녀는 정말로 자신의 곁에 있었다. 그녀를 만질 수 있고, 손을 뻗어 그녀의 손을 잡을 수 있을 것 같은 느낌이 들었다. 그 느낌이 너무나 생생했다.

그의 책을 읽는 사람들은 빅터 프랭클이 너무 극단적인 상황에 몰려 환각 상태에 빠진 것이라고 생각할 수 있다. 그렇지만 분명한 것은 아내에 대한 사랑이 그를 참혹한 상황에서 버티게 해주었다는 사실

---

[43] 빅터 프랭클, 〈죽음의 수용소에서〉, 78.

이다. 아내와의 사랑은 틀림없는 현실이었다. 그래서 빅터 프랭클은 구원은 사랑을 통해서, 사랑 안에서 실현된다고 말한 것이다.

§ 고통의 희생적인 의미

빅터 프랭클은 수용소에 처음 들어온 동료가 이렇게 기도하는 것을 들었다. 자신의 고난과 죽음으로 자기가 사랑하는 사람이 고통스러운 종말로부터 구원받게 해달라는 내용이었다. 빅터 프랭클은 기도하는 그를 보며 그가 겪는 고난과 죽음은 의미가 있다고 생각했다. 그의 희생은 아주 심오한 의미를 지니고 있다고 확신했다.

그 동료는 헛되게 죽고 싶지 않았다. 그리고 수감되어 있는 우리 중 누구도 그렇게 헛되게 죽는 사람이 되기를 원하지 않았다. 사람들은 자신이 겪는 고통이 사랑하는 사람을 위한 의미 있는 희생이 되기를 바라고 있었다.[44]

---

44 빅터 프랭클, 〈죽음의 수용소에서〉, 148.

§ 사랑을 전달해준 빵

극단적으로 참혹한 수용소를 관리하고 감독하는 사람들은 어떤 사람일까? 빅터 프랭클은 아우슈비츠 수용소에서 다른 사람의 고통을 즐기는 사악한 사람도 만났고, 선의를 가지고 사랑을 베푸는 사람도 만났다. 세상에는 착한 사람만 있는 집단도 없고 악한 사람만 있는 집단도 없다. 같은 죄수이면서도 악랄한 사람도 있고 수용소 소장이지만 수감자들에게 깊은 연민을 갖고 도와주려고 한 사람도 있다.

한번은 수감자이면서 감독을 맡은 사람이 빅터 프랭클을 은밀히 불러 빵을 주었다. 피처럼 소중한 빵, 배급받은 빵을 아꼈다가 자신에게 주었다는 것을 생각하면서 그는 이런 생각을 한다.

"그것은 나를 눈물로 감동시킨 빵의 의미를 뛰어넘는 것이었다. 그는 나에게 인간적인 '그 무엇'도 함께 주었다. 그것은 따뜻한 말과 눈길이었다."[45]

---

45 빅터 프랭클, 〈죽음의 수용소에서〉, 151–152.

3 음식 인생의 마지막 풍경

〈내 생의 마지막 식사〉 〈치유의 밥상〉

〈내 생의 마지막 식사〉는 11년째 호스피스에서 임종을 앞둔 사람들에게 음식을 대접하고 있는 요리사 루프레히트의 이야기를 담고 있다.

〈치유의 밥상〉은 한국 호스피스 병동에서 의사로서 환자를 돌보는 염창환 교수의 안내를 받아 송진선 PD가 임종을 앞둔 환자를 만나 발견하고 깨달은 것을 음식을 주제로 정리한 책이다.

앞 장에서 소개한 수용소에 갇힌 사람들은 먹고 싶어도 먹을 음식이 없어서 고통받았다면, 호스피스에서 사는 사람들은 먹을 음식이 있어도 먹고 싶지 않거나 먹을 수 없다. 그러므로 수용소 사람들에게 음식이 갖는 의미와 호스피스 사람들에게 음식이 갖는 의미가 같을 수 없다. 죽음을 앞둔 환자들에게 음식은 어떤 의미가 있을까?

§ 음식 인생, 인생의 시작과 마침

사람은 어머니의 자궁 속에서 음식을 먹다 태어나 음식을 먹으면서 성장한다. 그러다가 음식 먹기를 중단하고 생을 마감한다. 남은 사람들은 죽은 사람을 기억하며 음식을 나누어 먹으면서 선조들과의 끈을 이어간다.

특별한 경우가 아니라면 누구나 인생에서 처음 먹는 음식은 엄마의 젖이다. 그러나 우리는 태어나기 전, 태아로 있을 때도 음식을 먹는다. 우리는 엄마인 산모의 양수를 들이마시면서 생명을 조금씩 키워갔다.

§ 아기의 음식

사람은 '음식'으로 만들어졌다. 프로이트에 따르면 아기가 어렸을 때 겪은 것 중 먹는 것과 관련된 경험은 평생 지니게 될 인격 형성에 중요한 역할을 한다. 모유 수유는 아기의 인격 형성 과정에 영향을 미친다. 수유가 끝나면 이유식을 먹게 된다. 그러면 음식의 출처가 엄마 외부에 있다는 것을 인식하게 되면서 아기는 제한적이지만 독자성을 형성하기 시작한다.[46]

---

46 캐롤 M. 코니한/김정희 옮김, 〈음식과 몸의 인류학〉 (서울: 갈무리, 2005), 49–50.

임신한 여성과 수유를 하는 엄마들이 건강에 좋은 음식을 다양하게 먹을수록 아기도 음식물에 더 열린 자세가 된다. 그 후 음식을 먹기 시작하면서 아기는 엄마가 먹었던 음식을 좋아하고, 그것을 가장 안전하게 먹을 수 있는 것으로 인식한다. 이렇게 태아기와 유아기에 좋아하는 음식이 기억 속에 자리를 잡으면 그 음식은 평생 좋아하는 음식으로 남게 될 가능성이 크게 된다.[47]

§ 노년의 음식

젊은 사람에게 음식은 일을 위한 수단일 때가 많다. 그래서 손쉽게 먹을 수 있는 면 종류나 햄버거 등을 빨리 먹고 일에 매진한다. 그러나 늙어 쇠약해진 사람은 음식을 먹는 자체가 삶의 중요한 부분이고 생명을 가꾸어 가는 목적이기도 하다.

나이 든 사람에게 음식은 인생의 기쁨을 반추해보는 기회를 제공한다. 어렸을 때 맛있게 먹었던 음식을 만들어 먹어본다든가 기억에 남는 음식점을 다시 찾아가 먹어보는 것은 큰 기쁨이다. 음식은 과거의 행복을 다시 꺼내게 해 또 다른 행복에 잠기게 해준다.

나이 든 사람은 음식을 통해 공경받고 있음을 느낀다. 나이 들면 자

---

47 멜라니 뮐· 디아나 폰 코프, 〈음식의 심리학〉, 28–29.

연히 자신에 대한 자존감이 떨어진다. 이럴 때 누군가 정성이 깃든 식사를 대접하면 노인의 자존감은 크게 높아진다.

§ 인생의 마지막 음식

생명의 힘이 소진되면 우리는 모두 죽는다. 죽음의 전조는 대개 음식을 먹지 못하는 것에서 시작된다. 소위 곡기(穀氣)를 끊는다는 것은 죽음이 임박했다는 전조다. 곡기란 곡식의 기운, 즉 곡식이 품고 있는 생명력을 말한다. 이것을 끊는다는 것은 곧 생명의 상실, 죽음을 의미한다.

그렇지만 기력이 왕성할 때 음식을 먹으면서 죽음을 생각하는 사람은 거의 없다. 밥을 먹기 전에 이것이 '내 생의 마지막 식사'라고 생각하거나 밥을 먹으면서 죽음을 의식하는 사람은 없다. 그러나 생각해보라. 언제일지 모르지만 언젠가 우리도 '내 생의 마지막 식사'를 하는 날을 맞이하게 될 것이다.

"언제나 마지막이 있다. 마지막으로 나간 산책이 있고, 마지막으로 뗀 걸음이 있다. 마지막으로 혼자 한 샤워가 있고, 마지막으로 한 샤워가 있다. 마지막으로 먹은 스테이크가 있고, 마지막으로 먹은 고형

식품이 있다."[48]

임종을 몇 주 앞둔 시점엔 활력과 기력이 쭉쭉 떨어진다. 그러다 결국 죽는다. 임종을 앞두게 되어도 여전히 갈증을 느끼고 배가 고플까? 글쎄다. 완화 의료분야에서 간호사로 일한 샐리 티스데일은 이렇게 말한다.

"믿기 어렵겠지만, 임종을 앞둔 환자는 아무것도 먹거나 마시지 않아야 오히려 더 편안하다. 그들도 때로는 갈증을 느끼지만, 물이나 음료가 그들의 갈증을 해소해주지 못한다. 임종 환자가 일주일 이상 전혀 먹거나 마시지 않아도 갈증이나 통증을 호소하지 않고 오히려 평온하게 죽음을 맞는 모습을 간호사와 의사는 수도 없이 목격한다."[49]

§ 음식과 기억

프루스트의 작품 〈잃어버린 시간을 찾아서〉에서 일인칭 화자는 보리수 차에 적신 마들렌 과자 맛이 유년기의 추억을 강렬하게 불러일으킨 경험을 이야기한다.

---

48 샐리 티스데일/박미경 옮김, 〈인생의 마지막 순간에서〉 (로크미디어, 2019), 161.
49 샐리 티스데일, 〈인생의 마지막 순간에서〉, 167.

"마들렌이 섞인 차가 혀를 건드리자마자 나는 몸을 떨었다. 마치 특이한 뭔가에 사로잡힌 듯 전율을 느꼈다. 이유를 알 수 없는, 들어본 적이 없는 행복감이 저절로 생겨나면서 온몸에 퍼졌다."[50]

기억을 연구하는 학문에서는 이런 현상을 '프루스트 현상'이라고 한다. 어떤 사람은 노릇노릇하게 구운 돼지고기 한 점을 먹는 순간 갑자기 돌아가신 할머니 생각이 나면서 부엌의 장면이 생생하게 떠오른다. 사라졌던 기억이 음식을 먹는 순간 활성화되면 우리는 갑자기 떠오르는 기억에 꼼짝없이 사로잡힌다.

호스피스 병동에 있는 환자들에게도 음식은 과거를 되살려 잔잔한 기쁨을 맛보게 한다. 놀랍게도 음식을 통해 환자의 시간은 다시 살아 움직인다. 찌릿한 미각이 희미했던 기억을 또렷하게 재현해내는 것이다.[51]

죽음을 앞둔 이들은 무엇보다 개인적인 추억이 얽힌 음식을 원한다. 그 맛을 그리도 잊을 수 없게 만드는 것은 그 음식만이 줄 수 있는 맛 때문이 아니라 그 음식에 얽혀 있는 좋았던 추억과 기억 때문이고, 그 음식을 함께 먹은 사람에 대한 기억 때문이다.

"이모 집에서 먹었던 미트볼은 왜 그렇게도 맛있었을까? 이모의 음식 솜씨가 좋았던 것도 있지만, 마음씨 좋은 이모와 함께 먹어서가 아닐까?"[52]

---

50 멜라니 뮐·디아나 폰 코프, 〈음식의 심리학〉, 25에서 재인용.
51 되르테 쉬퍼/유영미 옮김, 〈내 생의 마지막 식사〉 (서울: 웅진지식하우스, 2010), 10.
52 되르테 쉬퍼, 〈내 생의 마지막 식사〉, 51.

우리는 음식을 만들어 먹으면서 추억을 소환하고 이미 고인이 된 사람을 만나기도 한다.

"고인이 우리를 위해 만들어준 음식을 생각하고, 만들고, 먹는 과정에서 우리는 모든 감각을 동원해 추억을 떠올린다. 말랑말랑한 시나몬 빵 한 입, 감자 팬케이크가 치지직 타는 소리, 닭가슴살의 부드러운 질감, 얼룩진 요리책의 여백에 휘갈겨 쓴 메모… 이 모든 것에서 우리는 추억과 관계를 떠올린다."[53]

§ 죽음을 앞둔 사람에게 식사가 갖는 의미

우리는 항상 살아 있을 것처럼 음식을 먹고 또 먹는다. 매일 먹지만 먹는다는 것이 우리 삶에 얼마나 큰 기쁨을 주는지 생각하지 않는다. 음식을 먹으면서 죽음을 생각하는 사람은 거의 없다. 그러나 생각해보면 언제일지 모르지만 '생의 마지막 식사'를 하게 될 날이 온다. 생의 마지막 시기에 먹는 식사는 평소에 우리가 먹던 식사와 어떤 점이 다를까?

우리는 보통 살기 위해 먹는다고 한다. 그러나 죽음을 예견하며 사는 호스피스 병동 사람들에게 음식은 살기 위해 먹는 것이 아니다.

---

53 마이클 헵/박정은 옮김, 〈사랑하는 사람과 저녁 식탁에서 죽음을 이야기합시다〉 (을유문화사, 2019), 80-81.

우리는 맛을 즐기기 위해서 음식을 먹는다. 그러나 죽음을 앞둔 사람이 맛을 즐기기 위해서 먹는 경우는 드물다. 그렇다면 죽음을 앞둔 사람에게 음식은 어떤 의미가 있을까? 죽음을 앞둔 사람에게 음식을 대접하는 것은 어떤 의미가 있을까?

(1) "생명을 늘려줄 수는 없지만, 남은 생을 더욱 풍요롭게 할 수는 있다."

이 구절은 요리사 루프레히트가 일하는 호스피스의 모토다. 음식을 만드는 사람이나 먹는 사람 그 누구도 생명을 연장하기 위해 음식을 준비하거나 먹지 않는다. 중요한 것은 음식이 마지막 삶을 따스하게 만들고 풍요롭게 만들 수 있다는 사실이다. 저자 되르테 쉬퍼가 보기에 요리사 루프레히트는 정성껏 음식을 대접함으로 죽음을 앞둔 사람들의 남은 삶에 생기를 불어넣고 있었다.

(2) "임종을 앞둔 사람에게 음식은 생의 마지막 선물이 될 수 있다."

죽음을 앞둔 사람에게 음식은 그 자체로 특별한 의미를 갖는다. 그 사람은 이제 곧 삶에 작별을 고해야 한다. 떠나야 할 시점에 그 사람 앞에 놓여 있는 음식은 그 자체로 특별한 가치가 있다. 굳이 음식이 그 사람에게 어떤 의미가 있는지 물을 필요는 없다. 요리사 루프레히트는 이렇게 말한다.

"호스피스에서 음식은 특별한 가치가 있어요. 레스토랑에 가서 맛있는 음식을 먹을 때 보통 사람들은 몇 주 후든 몇 달 후든 이 식당에 또 올 수 있다고 생각해요. 그런 생각을 기본으로 깔고 있지요. 하지만 죽음을 앞둔 이들에겐 지금의 한 끼 식사가 마지막 식사가 될 수도 있어요. 이 음식을 다시 맛볼 기회가 없을지도 모른다는 생각은 그 음식을 더욱 가치 있게 만들어요."[54]

하루는 한 노부인이 루프레히트가 정성껏 만든 음식을 맛보더니 미소를 띠고 말했다. "당신은 오늘 내게 크나큰 선물을 해줬어요" 음식을 먹고 진심 어린 고마움을 표하는 환자의 말은 그의 자랑이고 감격이었다. 눈물이 핑 돌 때도 있다. 그는 자신이 하는 일에 대해서 이렇게 생각한다.

"죽음을 앞둔 이가 인정받고 존중받고 있음을 느끼는 것, 주어진 순간을 누리고 행복한 것들에 기뻐하는 것. 자신의 일을 사랑하는 데 그 이상의 것은 필요하지 않다."[55]

〈치유의 밥상〉이란 책에는 호스피스 병동에 계신 시어머니 혜선 씨를 위해 며느리가 열무국수를 만든 이야기가 나온다. 모든 준비가 끝나고 드디어 식사 시간, 마침내 환자가 오랜만에 젓가락으로 면을 돌돌 말아 입속에 넣었다. 그 순간 시어머니는 환희에 찬 표정으로 맛을 음미했다. 면발을 씹으며 밝게 웃던 환자가 이윽고 탄성을 터뜨렸다.

"아휴, 정말 맛있다. 어떡하니, 나 더 먹고 싶은데? 세상에, 살 것 같

---

54 되르테 쉬퍼, 〈내 생의 마지막 식사〉, 18.
55 되르테 쉬퍼, 〈내 생의 마지막 식사〉, 53.

　　　　　　　　Ⅲ 한계 상황 속의 '음식 인생'

다. 살 것 같아."

그 후 며칠 지나지 않아 혜선 씨는 다시는 깨어날 수 없는 깊은 잠에 빠져들었다. 저자는 죽음을 앞둔 혜선 씨에게 음식이 어떤 의미였는지 다음과 같이 말한다.

"소꿉장난하듯 차린 조촐한 열무국수 한 그릇이었지만 그녀에겐 그 무엇과도 바꿀 수 없는, 생의 마지막에 받은 마지막 선물이요, 그야말로 생명의 양식이었다."[56]

(3) "먹는다는 것은 곧 살아 있다는 증거다. 그렇기 때문에 먹는다는 것은 삶의 확인이요, 삶의 목표다."

엄밀히 말해서 호스피스 병동 사람들은 그다지 배가 고프지 않다. 그들의 식사는 건강했던 시절에 음식을 먹는 것과는 전혀 다른 차원이다. 어떤 사람은 거대한 종양이 온몸을 짓누르고 있어 음식을 맛만 보고 다시 뱉어낸다. 고통이 너무 심해서 밥은커녕 지금 이 순간 자신을 괴롭히는 고통으로부터 해방되고 싶은 사람도 많다.

"살려고 먹는다는 말은 이들에게 통하지 않는다."[57]

그러면 그분들에게 식사란 어떤 의미가 있을까? 그들에게 먹는다

---

56 염창환, 송진선, 〈치유의 밥상〉 (고양: 위즈덤하우스, 2013), 37.
57 되르테 쉬퍼, 〈내 생의 마지막 식사〉, 10.

는 건 살아 있음을 느끼고 확인하는 것이다. 그렇기 때문에 '먹을 수 있다'는 지극히 평범한 일이, 병이 깊어져 음식 섭취 자체가 불가능해진 사람들에게는 마지막 희망이자 목표가 되기도 한다.

(4) "음식을 한 입 베어 무는 것이 충분히 아름다운 경험일 수 있다."

호스피스에 있는 사람들이라고 해서 아름다운 경험이 필요 없는 것은 아니다. 아니 그들이야말로 그런 경험이 절실하게 필요하다.

루프레히트가 출근한 아침, 호스피스 현관에 초가 켜져 있으면 그것은 입주자 중 한 사람이 세상을 떠났다는 표시다. 그곳에서는 누가 언제 세상을 떠날지 모른다. 그러므로 입주자 중 어떤 사람이 특별히 먹고 싶은 음식이 있다고 하면 그 음식을 제공하는 것은 한 끼도 미룰 수 없는 일이다. 루프레히트는 음식을 만들어 대접하는 의미를 이렇게 말한다.

"좋아하는 음식이 혀에서 사르르 녹을 때의 행복감은 그 무엇과도 비교할 수 없어요. 양이 문제가 아니에요. 많이 드실 수는 없었겠죠. 한 술밖에 못 먹었을지도 몰라요. 하지만 한 술만으로도, 한 번 베어 무는 것으로도 충분히 아름다운 경험일 수 있으니까요."[58]

(5) "임종을 앞둔 사람에게는 육체에 도움이 되는 음식보다 맛있는 음식, 마음을 행복하게 하는 음식이 더 좋은 음식이다."

---

58 도르테 쉬퍼, 〈내 생의 마지막 식사〉, 16.

요리사 루프레히트가 처음 호스피스에서 일하게 되었을 때 그는 건강에 좋은 양질의 음식을 암 환자에게 제공하고 싶었다. 될 수 있는 한 영양가 있고, 소화하기 쉬운 음식을 만들어야 한다고 생각했다. 그러나 그런 생각이 틀렸다는 것을 깨달았다.

"호스피스에서 일한 지 사흘 만에 아무도 건강한 요리에 관심이 없다는 걸 알았어요. 나는 몸에 좋은 재료를 사용해서 음식을 만들고자 했어요. 하지만 손님들은 평소 먹고 싶었던 맛있는 음식을 먹고 싶어 했어요. 그것이 얼마나 건강에 좋은 것인지는 중요하지 않았어요. 돼지고기 안심이 그들을 행복하게 한다면, 그걸 요리하는 게 나았어요."[59]

호스피스에서 음식을 조리하는 요리사는 사람들의 몸이 필요로 하는 것보다 마음이 필요로 하는 것을 만들어야 한다. 그래서 루프레히트는 자기주장을 접고 상대방이 찾는 음식, 환자가 맛있다고 하는 음식을 만들기 위해 정성을 기울였다.

(6) "음식은 에너지원일 뿐 아니라 마음을 다독여주고 품위를 세워주는 영혼의 밥상이다."

루프레히트가 음식을 만들면서 중요하게 생각하는 두 단어는 '보호'와 '품위'다. 호스피스 병자들 가운데는 음식을 거의 먹지 못하는 사람이 꽤 있다. 정성껏 만든 음식을 버려야 한다는 데 대해서 죄책

---

59 되르테 쉬퍼, 〈내 생의 마지막 식사〉, 19.

감을 느낀다. 자신을 무가치한 사람으로 여긴다. 그런 반응을 보이는 사람들에게 요리사는 말한다. 괜찮다고, 앞으로도 드시고 싶은 것이 있으면 주저하지 말고 말해달라고 친절하게 여러 번 반복해서 말한다. 루프레히트가 담담하게 자기 생각을 말한다.

"요리사로서 나는 내가 할 수 있는 범주에서 입주민들에게 보호받고 있다는 느낌을 줄 수 있다고 생각해요. 나는 미각적인 즐거움을 제공함으로써 신체적으로나 정신적으로 입주민들을 북돋워주려고 노력해요. 침대에 누워 있다고 가치 없는 사람인가요? 휠체어에 앉아 있다고 쓸데없는 사람인가요? 나는 그들이 품위를 유지하도록 돕고 싶어요."[60]

루프레히트도 처음에는 음식이 호스피스에서 차지하는 그 모든 복합적인 의미를 실감하지 못했다. 그러나 세월이 가면서 그는 호스피스에서는 죽 한 술이 삶에 대한 소망을 일깨울 수도 있고, 죽음의 공포를 유발할 수도 있다는 것을 알았다. 세상과 이별할 사람들을 위해서, 그리고 사랑하는 사람을 잃게 될 사람들을 위해서, 음식은 에너지원일 뿐 아니라 영혼의 밥상이다.[61]

---

60 되르테 쉬퍼, 〈내 생의 마지막 식사〉, 76.
61 되르테 쉬퍼, 〈내 생의 마지막 식사〉, 101.

§죽음을 앞두고 삶을 새롭게 보다

작가 데니스 포터(Dennis Potter)는 췌장암으로 사망했다. 그가 죽기 전 BBC와 인터뷰한 내용은 주목할 만하다. 그는 죽음을 앞두니 삶이 새롭게 보인다고 했다. 포터가 사무실 창밖으로 보이는 풍경을 묘사하며 말했다.

"지난주 글을 쓰면서 창밖을 내다보는데, 세상에서 가장 희고 가장 탐스럽고 가장 아름다운 꽃이 보이더군요. 이제야 그게 보이더라는 말입니다. 세상 만물이 전보다 더 사소하기도 하고 더 중요하기도 합니다. 사소한 것과 중요한 것의 차이는 별게 아닙니다. 다만 만물의 모습이, 순간순간 눈에 들어오는 그 모습이 참으로 경이롭습니다."[62]

그러나 모든 사람이 죽음을 앞에 두고 삶을 아름답게 받아들이는 것은 아니다. 어떤 사람은 후회와 회한을 가득 품은 채 죽음을 기다리기도 한다. 그런 사람에게 필요한 것은 사랑이다. 사랑의 추억이 깃든 음식이다. 송진선 피디는 호스피스에서 만난 도영 씨 이야기를 들려준다.

---

[62] 샐리 티스데일/박미경 옮김, 〈인생의 마지막 순간에서〉 (로크미디어, 2019), 179.

§사랑이 삶을 가치 있게 만들다

도영 씨는 딱히 하고 싶은 일이 없었다. 그는 나이 53세가 되도록 하는 일 없이 살아온 세월이 원망스러웠다. 그럼에도 부모님은 아들이 먹고 싶다고 하면 수소문 끝에 가장 맛있다는 집에서 그 음식을 사 왔다. 그러나 입맛을 잃은 아들은 아무리 맛있는 음식을 가져와도 한두 숟가락 뜨다 수저를 놓기 일쑤였다.

어느 날 부모는 검은 비닐봉지에 작고 초라하게 포장된 단팥죽을 사 왔다. 부모님은 병실 침대 옆에 부착된 식탁을 펼치고 아들을 일으켜 세웠다. 포장을 벗기자 계피 향이 퍼지면서 단팥죽의 검붉은 빛이 드러났다. 하얀 용기에 담긴 단팥죽에는 동글한 찹쌀 새알심에 작은 밤과 잣 몇 개가 고명으로 올라가 있었다.

도영 씨는 단팥죽을 보고 멍하니 있다가 부모님 이마에 송골송골 맺힌 땀방울을 보았다. 억지로 먹는 시늉이라도 하려는지 숟가락 끝에 아주 조금 죽을 떠서 입 안에 넣더니 이내 입맛을 쩝쩝 다시며 꿀꺽 삼켰다. 다음에는 조금 빠른 동작으로 한 숟가락 가득 단팥죽을 떠서 입 안에 넣고 씹으면서 눈동자가 커졌다. …… 그것을 입 안에 넣어 삼키고는 표정이 한껏 더 밝아졌다. 혀끝에서부터 모든 신경이 행복하게 곤두선 것이다.[63]

"어디서 이렇게 맛있는 단팥죽을 사 왔어, 엄마?"

---

[63] 염창환, 송진선, 〈치유의 밥상〉 (고양: 위즈덤하우스, 2013), 269-271.

"내가 어릴 때 먹은 거라구?"

"이렇게 맛있는 걸 왜 잊고 있었지? 지금까지 먹은 것 중에 제일 맛있어요."

도영 씨가 단팥죽을 먹다가 어머니를 쳐다봤다. 어깨가 굽은 칠순 노인이 되어버린 부모님의 간절한 눈빛에 그의 눈가가 젖어왔다. 아들의 한 마디에 어디든 달려갈 준비를 하는 부모님. 도영 씨는 눈물을 흘리지 않으려고 코를 비비고 다시 단팥죽을 한입 먹었다.

잊고 있던 어린 시절의 맛을 찾아서였을까, 아니면 삶을 비관하는 자신의 모습이 후회스러워서였을까? 그것도 아니면 아들을 기운 나게 하려고 온갖 음식을 찾아다니며 고생한 부모님 때문이었을까. 도영 씨는 콧물을 훌쩍이며 단팥죽을 먹는 데 집중했다.

어머니는 아들이 하고 싶은 것이 없으면 먹고 싶은 거라도 있겠지 싶어 아들이 한 번도 먹어 보지 못한 음식을 사다 주었다. 그러다 부모는 아들과 함께 먹던 음식을 기억해냈고, 그걸 먹이면서 행복했던 추억을 말해주려고 했다. 그런다고 갑자기 아들이 자기 삶을 값지다고 생각하진 않겠지만, 그래도 부모에게 아들은 그 자체만으로도 소중하고 귀하다.

도영 씨는 자신을 사랑으로 보듬어주는 부모님의 은혜 덕분에 자신의 삶이 가치 있음을 깨닫는 복된 순간을 맞이할 수 있었다. 사랑이 삶을 가치 있게 만든다.

§ 구드룬 피셔의 평화로운 마지막

〈내 생의 마지막 식사〉에는 아내 구드룬 피셔의 마지막 날에 대해 묘사한 내용이 들어 있다. 구드룬 피셔는 마지막까지 고요하고 평온한 음성을 간직했다. 침대에 누워 행복하게 주변 사람들을 관찰했고, 다른 사람들은 흘려듣는 소리들을 감지했다. 낮은 바람 소리, 가까운 놀이터에서 그네가 삐걱대는 소리, 멀리 아이들의 웃음소리, 종양이 그녀의 배를 완전히 눌러버리면 어쩌나 하는 두려움은 쓸데없는 것이었다. 그녀는 적은 양이었지만 기쁨으로 먹었다. 저녁에는 호두 아이스크림을 즐겼다. 천천히 숟가락질을 했다.

"구드룬은 마지막까지 거의 기력이 쇠하지 않았다. 남편은 아내가 오래도록 고통스러워하다 갈까 봐 걱정했다. 고통 없이 떠날 수 있기를 얼마나 바랐던가. 남편은 하루 낮과 하루 밤을 그녀 곁을 지켰다. 아내가 고통 없이 고요하고 평화롭게 영원히 잠들 때까지."[64]

아내 구드룬 피셔는 어떻게 그처럼 평화롭게 삶을 마감할 수 있었을까? 사랑하는 남편 칼 피셔가 옆에서 지켜주고, 함께 음식을 먹고, 함께 추억을 이야기하고, 삶에 대해서 공감해주었기 때문이 아닐까? 사랑받고 있다는 사실을 매 순간 느낄 수 있었기 때문이 아닐까?

---

64 되르테 쉬퍼, 〈내 생의 마지막 식사〉, 275.

III 한계 상황 속의 '음식 인생'

"사랑에는 두려움이 없습니다. 완전한 사랑은 두려움을 내쫓습니다."(요한1서 4:18)

IV

이 사람 예수의
'인생 식탁'

"Ecce Homo(에케 호모)! 이 사람을 보라!"

이 말은 로마 총독 빌라도가 예수를 심문하고 난 후 예수를 데리고 나와 유대인들에게 한 말이다(요 19:5). '이 사람'이 누구인가? 예수다. 이 사람에 대해서 알아보는 방법은 여러 가지가 있겠지만 여기서는 음식을 먹는 식사 이야기를 중심으로 그가 누구인지 알아보려고 한다.

그렇다. 이 사람, 예수를 제대로 알려면 식사 이야기를 빼놓을 수 없다. 예수가 누구인지, 무슨 일을 했는지 알려면 예수의 식사 이야기에 귀를 기울여야 한다.

예수의 식탁 일생

예수의 생애는 태어나서 죽을 때까지 먹는 이야기로 이어진다. 예수는 '떡집'이라는 뜻을 가진 베들레헴에서 태어났다. 부모는 아들이 태어나자마자 그를 가축의 밥그릇인 구유에 뉘어 놓았다. 예수의 공적 활동은 민중들과 한자리에 앉아 먹고 마시는 것이 핵심이었다. 예수는 여인들이 정성껏 준비한 음식을 즐겁게 드셨으며, 민중들과 어울려 먹고 마시는 것을 좋아하셨다. 예수는 배고픈 사람들을 불쌍히 여기고 그들에게 먹을 것을 주셨다.

예수께서 첫 번째 기적을 일으킨 곳은 남자와 여자가 결혼하는 잔치 자리였는데 그는 물을 포도주로 만들어 참석한 사람을 흥겹게 하였다. 네 복음서에 모두 나오는 기적은 빵과 생선을 굶주린 민중들에게 먹이신 일이다. 예수는 비유로 말씀하는 것을 좋아하셨는데, 그분이 들려주신 비유 가운데 음식, 씨앗, 곡식, 빵, 잔치와 관련된 내용을 빼면 남아 있는 비유가 거의 없을 정도다.

떡집이란 동네에서 태어난 이 사람의 생애는 사람들을 위해 자신의 몸을 음식으로 내어주는 이야기로 끝난다. 최후의 만찬에서 그분은 제자들에게 빵과 포도주를 주면서 이것은 너희를 위해 주는 나의 몸이고 피라고 말씀하셨다. 결국 예수는 십자가에 처형되었다. 가축의 밥그릇인 나무로 만들어진 구유와 희생 제물이 되어 그의 몸을 달아맨 나무 십자가는 예수의 일생이 자신을 내어주기 위한 것이었음을 상징적으로 보여준다.

이 사람, 예수의 삶과 가르침은 음식, 식사, 식탁을 중심으로 이어졌다. 그러면 이 사람, 예수의 인생 식탁에서 우리는 무엇을 보고 깨달아야 할까? 우리의 인생 식탁은 어떤 모습이 되어야 할까?

1 즐거운 식탁

예수의 식탁은 먹고 마시는 즐거운 식탁이었다. 복음서에 보면 예수는 당시 사람대접을 받지 못하는 밑바닥 인생들과 어울려 함께 먹고 마셨다.

§하나님의 선물인 기쁨과 즐거움

영국의 작가이자 평신도 신학자인 C. S. 루이스는 하나님은 본질적으로 쾌락주의자라고 했다. 그의 작품 중 하나인 〈스크루테이프의 편지〉에는 선임 악마 스크루테이프가 신참 악마 웜우드를 지도하는 내용이 나온다. 신참 악마 웜우드는 신자에게 쾌락을 맛보게 하면 그를 파멸시킬 수 있을 거라고 제안한다. 그런 생각에 대하여 선임 악마 스크루테이프가 웜우드에게 이렇게 말한다.

"이제까지 우리(악마)는 쾌락을 이용하여 수많은 영혼들을 정복해왔다는 것을 나는 잘 알고 있다. 그렇다고 하더라도, 쾌락이란 우리 원수(하나님)의 발명품이지 우리들의 것은 아니다. 우리의 원수는 쾌락을 만들어내었지만, 이제까지 우리들의 모든 연구에도 불구하고 우리는 단 한 가지의 쾌락도 생산해내지 못하고 있는 형편이다.

우리의 힘으로 할 수 있는 유일한 것은 인간들로 하여금 우리의 원수가 만들어낸 쾌락일지라도 시기나, 혹은 방법이나 정도 면에 있어서 원수가 금지한 쾌락을 취하도록 적극 격려하는 일이다."[65]

그렇다. 모든 쾌락, 모든 기쁨, 모든 즐거움은 원래 하나님이 주신 것이다. 그래서 구약 성경 전도서를 기록한 사람은 쾌락을 하나님의 선물로 받아들이고 하나님의 뜻에 따라 즐거움을 누리라고 한다.

"너는 가서 즐거이 음식을 먹고, 기쁜 마음으로 포도주를 마셔라. 너의 헛된 모든 날, 하나님이 세상에서 너에게 주신 덧없는 모든 날에 너는 너의 사랑하는 아내와 더불어 즐거움을 누려라. 그것은 네가 사는 동안에 세상에서 애쓴 수고로 받는 몫이다."(전도서 9:7, 9)

---

65 C. S. 루이스/정경자 옮김, 〈스크루테이프의 편지〉 (성바오로 출판사, 1989), 54-55.

§ 식사의 즐거움, 삶의 기쁨

전도서 기자는 인생이 허무하다는 사실을 잊지 않았다. 그는 누구보다 인생이 허무하다는 것을 강조한 사람이다. 그러나 허무하고 헛된 세상에서도 하나님의 은혜는 곳곳에 흐르고 있다. 하나님은 덧없는 세월 곳곳에 기쁨을 숨겨놓았다. 자녀가 맛있게 음식을 먹는 모습, 손주의 웃음, 오랜만에 만난 친구와 함께하는 식사, 아내나 남편이 건네는 다정한 말 한마디, 푸른 하늘, 물들어가는 계절의 변화 등등을 그냥 흘려보내지 말아야 한다. 즐겁게 누려야 한다. 서로 미워하거나 다투며 살기에 인생은 너무 짧다.

인간은 먹어야 산다. 먹지 않으면 죽는다. 음식이 없으면 삶을 영위하는 것 자체가 불가능하다. 하지만 인간은 생존하기 위한 목적으로만 음식을 먹는 것이 아니다. 맛이 없지만 생존하기 위해 어쩔 수 없이 음식을 먹어야 한다면 사는 것이 얼마나 지겹고 불행할까.

소금과 후추, 파, 마늘이 들어가 잘 조리된 음식을 친구와 함께 나누는 식사는 우리에게 더없는 기쁨을 선사한다. 음식을 먹는 일은 생존을 넘어서 삶을 즐기는 행위다. 음식을 먹는 것은 삶을 즐기고 기념하고 축하하기 위해 참여하는 활동이다. 만약 먹는 것이 즐겁지 않다면 몸이나 마음에 문제가 생긴 것이다.

　　　　　　　IV 이 사람 예수의 '인생 식탁'

§ 예수의 음식 스캔들

예수는 사람들과 자주 먹고 마셨다. 그는 사람들과 먹고 마시는 것을 즐겼다. 그런 모습을 보고 사람들은 예수를 '먹보', '술꾼', '세리와 죄인의 친구'라고 부르며 비난하였다. 종교 지도자들은 음식 먹는 방식을 트집 잡고, 함께 식사하는 사람들의 수준을 문제 삼으며 예수에게 시비를 걸었다.

§ 차별의 근거가 된 음식 규정

유대인들의 정결법은 어떤 종류의 음식을 먹어야 하며, 어떻게 도살하고 어떻게 조리한 음식을 먹을 수 있는지 세세한 규정을 두고 있다. 그런 규정의 배후에는 기후 조건 등에 의해 건강에 해로운 음식을 배제하려는 의도가 작용하기도 했겠지만, 실제로는 무조건 따라야 할 종교적 법규가 되어 사람들의 삶을 옥죄었다. 더 나쁜 것은 정결법 규정이 단순히 먹을 수 있는 음식을 선별하는 것으로 그치지 않고 그런 규정을 지킬 수 없는 사람들을 배제하고 배척하는 근거로 악용되었다는 점이다. 바리새인들은 가난한 사람들이 지킬 수 없는 규정과 체계를 고집하면서 그 규정을 제대로 지키지 않는 사람을 비난하고 경멸하였다.

한번은 바리새인이 예수를 식사 자리에 초대한 적이 있었다. 그날 예수는 식사하기 전에 손을 씻지 않았다. 그것을 본 바리새인이 이해할 수 없다는 표정을 지었다. 예수께서 그에게 더 중요한 것이 무엇인지 말씀하셨다.

"지금 너희 바리새파 사람들은 잔과 접시의 겉은 깨끗하게 하지만, 너희 속에는 탐욕과 악독이 가득하다. 어리석은 사람들아, 겉을 만드신 분이 속도 만들지 아니하셨느냐?"(누가복음 11:39-41)

예수는 음식물과 식사 방식을 가르치는 정결법이 결과적으로 율법을 모르거나 지킬 수 없는 이방인과 가난한 사람들을 배제하고 죄인으로 낙인찍는 것에 분노하셨다.

§ 먹고 마시며 죄인들과 어울리신 예수

예수는 세리와 죄인들과 즐겁게 먹고 마셨다. 예수는 종교 지도자의 초대에도 응했지만, 당시 바리새인들처럼 사람을 가려내어 자격이 되는 사람하고만 먹고 마시지 않았다. 예수는 평판이 좋지 않은 사람들과도 거리낌 없이 함께 먹고 마시며 노셨다. 그들과 먹고 마시며 즐겁게 지내는 것이 예수의 일상이었다.

예수는 하나님에 대해서 추상적으로 설명하지 않았다. 예수는 죄인들과 함께 먹고 마시고 어울리면서 몸과 행동으로 하나님이 하시는 일을 보여주었다. 왜 죄인들과 함께 먹느냐고 시비를 거는 종교인들을 향하여 예수는 내가 이들과 즐겁게 먹고 마시는 것은 곧 하나님이 어떤 분인지를 보여주는 것이라고 하였다. 죄인들과 함께 먹고 마시는 나의 행위는 곧 하나님의 나라, 하나님의 다스림이 어떤 것인지 보여준다고 하였다.

예수에게 먹고 마시는 즐거움은 우리와 함께 기쁨을 누리시는 하나님의 현실을 반영한다. 사람들과 먹고 마시는 예수의 식탁은 사랑이 가득한 하나님의 나라를 구현하는 자리였다.

§ 먹고 마시는 거룩한 일

먹고 마시고 노는 것을 일이라고 생각하는 사람은 거의 없다. 왜냐하면 일이라고 하면 다른 사람을 섬기고 약하고 병든 사람을 도와주는 것, 뭔가 가치 있는 일을 하는 것이라고 생각하기 때문이다. 그러나 예수에게는 먹고 마시는 것이 하나님의 뜻을 보여주는 거룩한 일이었다. 예수는 무시당하는 사람들과 함께 그냥 먹고 마시며 놀았다.

그렇다. 때로는 먹고 마시는 것 자체가 하나님의 사랑을 드러내고 하나님의 뜻을 행하는 일이 된다. 먹고 마시는 일이 때로는 하나님의 아름다움을 드러내는 일, 하나님의 뜻을 실천하는 일이 될 수 있다.

크리스틴 폴(Christine Pohl)이 한 말은 예수께서 먹고 마신 것이 하나님의 뜻을 행하는 일임을 깨닫게 해준다.

"우리는 어려운 사람들을 도우면서 그들과 우리 사이의 널찍한 경계 지대를 그대로 유지하는 경우가 많다. 많은 교회가 배고픈 이웃을 위해 음식을 준비하고 대접한다. 하지만 음식이 필요한 사람들과 편안하게 앉아 함께 음식을 먹는 교회는 적다. 우리와 많이 다른 사람들을 상대할 때는 식사를 같이 하면서 대화를 나누기보다 그들을 위해 요리를 하고 청소를 해주는 쪽이 대체로 더 편안한 법이다. 우리는 돕는 자로서의 역할에는 친숙하지만 동등한 입장이 되어 같이 먹는 일은 익숙하지 않다. 어려움에 처한 이들과 같이 있는 것 자체가 쉽지 않은 일이다. 돕는 역할에만 만족하면, 도움을 받는 이들과 우리의 관계가 한정되고 그 관계는 위계적인 것으로 고착된다."[66]

예수의 사명은 먹고 마시는 일에서 시작되었다. 예수는 사회적, 종교적 신분에 따라 줄 세우기를 거절하셨다. 예수께서 세리와 죄인들과 먹고 마시는 식탁 교제는 하나님의 나라를 구체적으로 보여주는 즐거운 일, 거룩한 일이었다.

---

[66] 팀 체스터/홍종락 옮김, 〈예수님이 차려주신 밥상〉, (서울: IVP, 2013), 131.

§ 즐겁게 먹는다는 것

줄리언 바지니는 이렇게 말했다.

"다시는 책을 읽거나 쓰지 않는 것과 사랑하는 사람들과 함께 나누는 식사 가운데 하나를 포기하라면, 나는 고민 없이 전자를 포기할 것이다. 내 파트너와 함께 식탁에 앉아 먹는 건 삶에서 가장 중요한 일이다."[67]

좋은 말이다. 좋아하는 사람과 함께 식탁에 앉아 맛있는 음식을 즐기는 것은 중요한 일이다. 줄리언 바지니는 즐겁게 먹는다는 것은 단순히 음식을 즐기는 것 이상이라고 말했다. 인간의 식사는 음식 자체의 문제를 넘어 감사하는 마음, 풍부한 내적 삶, 미적 음미 등이 곁들여질 때 즐겁고 풍성해진다.

우리는 살기 위해 먹고 마셔야 한다. 그러나 인간이 식사한다는 것은 먹고 마시는 것 이상의 행위다. 식사는 우리가 공유하는 생명의 선물을 축하하는 일이다. 식사를 함께한다는 것은 가장 친숙하고 신성한 인간 행위의 하나다. 식사에서는 단순히 허기를 채우고 갈증을 해소하는 것 이상의 일들이 일어난다. 식탁을 중심으로 우리는 가족이 되고 친구가 되며 한 공동체 그리고 한 몸이 되는 것이다. 여기서 즐겁게 먹는다는 것이 무엇인지, 어떻게 먹으면 즐겁게 먹을 수 있는

---

67 줄리언 바지니/이용재 옮김, 〈철학이 있는 식탁〉 (고양: 이마, 2015), 338 339.

지 정리해 보자.

① 감사하는 마음이 우리의 식사를 즐겁게 한다. 우리는 음식을 에너지원 정도로만 여길 것이 아니라 선물로 받아들여야 한다. 그 무엇도 당연한 것은 없다. 우리는 하나님의 너그러움을 감사하며 이 음식이 내게 오기까지 수고한 농부와 여러 분야에서 일하는 사람들의 노고를 감사하며 먹어야 한다.

다른 사람과 함께 마음을 주고받으며 감사하는 마음으로 먹는 식사가 우리의 몸과 마음을 즐겁게 한다. 노먼 워즈바는 음식을 '먹을 수 있는 하나님의 사랑'이라고 했다.[68] 하나님은 우리가 즐겁게 식사하는 것을 좋아하신다. 그러나 자신의 생존과 즐거움만 추구하며 먹는 것은 즐겁지도 않고 아름답지도 않다.

② 사랑이 우리의 식사를 즐겁게 한다. 즐겁게 먹는다는 것은 서로 사랑하고 나누고 함께 먹고 함께 웃는 것이다. 미워하는 사람과 식탁을 마주하고 먹는 것은 즐거움이 아니라 고역이다. 먹는다는 것은 공동체적 행동이다. 남들의 비참한 상황을 보면서 혼자 먹는다면 그 식사가 어떻게 즐거운 식사가 될 것인가?

즐겁게 먹는다는 것은 음식을 만든 사람의 사랑을 느끼며 먹는 것이다. 어머니가 정성껏 만들어준 음식은 '먹을 수 있는 엄마의 사랑'

---

68 레이첼 마리 스톤/홍병룡 옮김, 〈밥상 정복〉 (서울: 아바 서원, 2016), 202.

이다. 아내가 수고를 아끼지 않고 만들어준 음식은 '먹을 수 있는 아내의 사랑'이다.

그런데 우리 시대는 함께 먹고 함께 즐기기보다 다른 사람이 먹는 장면을 보면서 즐거움과 쾌감을 얻으려는 사람들이 꽤 있다. 이런 세태에 대하여 김현진은 이제 우리는 '먹방'이라는 음식의 관음증에 빠질 것이 아니라 자신을 위한 메뉴와 식탁을 차릴 때가 되었다고 한다. 나만을 위한 식탁이 아니라 나와 너, 우리를 위한 식탁을 차릴 때 먹고 마시는 행위는 그 자체로 즐거운 노래와 춤이 될 것이라고 한다.[69]

③ 즐겁게 먹는 것은 자연과 함께 누리는 포괄적인 즐거움이 되어야 한다. 식사는 조리하는 사람뿐 아니라 농부와 상인, 그리고 자연 만물과 연결되는 행위다. 자연이 없는 음식과 식사는 불가능하다. 건강한 밭에서 자란 과일과 채소는 먹는 사람을 안심시키고 편안하게 한다. 식사의 즐거움을 이루는 중요한 부분 중의 하나는 삶에 대한 바른 인식과 함께 음식이 우리 입에 들어오기까지 우리를 둘러싼 세계에 대한 바른 인식이다.[70]

④ 즐겁게 먹으려면 마음이 순수하고 겸손해야 한다. 참으로 즐거운 식사는 삶의 품격에서 나온다. 교만하고 천박한 사람은 맛있는 음식

---

69 김현진, 〈신들의 향연, 인간의 만찬〉, (서울: 난달, 2015), 143.
70 데버러 럽턴/박형신 옮김, 〈음식과 먹기의 사회학−음식, 몸, 자아〉 (파주: 한울, 2015), 166.

을 먹으며 쾌감을 느낄 수 있지만, 그런 식사를 즐거운 식사라고 하기는 곤란하다. 부를 과시하려 하거나, 사업상 얻어낼 이득을 의도하며 먹는 식사, 상대방의 의도를 알아내기 위해서 먹는 식사는 아무리 맛있는 음식을 먹어도 즐거운 식사가 될 수 없다. 예수는 사람들과 먹고 마시며 즐거워했다. 감사하는 마음, 소박한 삶, 하나님에 대한 순결한 믿음이 음식을 즐겁게 먹을 수 있게 한다. 그런 사람은 사탕 한 알, 과일 한 조각도 즐겁게 먹는다.

⑤ 즐겁게 먹으려면 세상을 전과 다른 눈으로 볼 수 있어야 한다. 세상에 대한 관점과 태도가 달라져야 한다. 앞에서 소개한 영화 〈바베트의 만찬〉은 우리에게 어떤 세상에서 사는 사람처럼 식사하겠냐고 묻는다.

노라 캘러거는 〈바베트의 만찬〉을 보는 사람들에게 당신은 지금 어떤 태도로 식탁에 앉아 있는지 생각해 보라고 한다. 어떤 세상에서 살고 있는 사람처럼 먹고 있는지 생각해 보라는 것이다. 하나님 나라에 있는 것처럼 즐겁게 먹는 사람이 될 것인지, 그렇지 않으면 우울한 세상에서 마지못해 식탁에 앉아 불만이 가득한 얼굴로 딱딱한 빵과 소금에 절인 대구를 먹으면서 사는 사람이 될 것인지 결정하라고 한다.[71] 선택은 우리의 몫이다.

한 세상은 예절, 규범, 규정을 따지며 사는 세상이다. 이 세상은 원

---

71 노라 캘러거/전의우 옮김, 〈성찬〉 (서울: IVP, 2012), 115.

IV 이 사람 예수의 '인생 식탁'

칙에 집착하는 세상이다. 규칙과 의무를 의식하며 우울하게 사는 세상이다. 이런 세상은 절인 대구와 말라비틀어진 빵 조각의 세상이다.

다른 한 세상은 천상의 잔치, 끝없는 자비, 생명의 양식이 넘치는 세상이다. 하나님의 나라다. 감사와 용서와 기쁨이 가득한 세상, 끝없는 자비가 계속되는 세상이다. 예수는 규칙과 의무, 마른 빵과 절인 생선의 세상에 오셔서 생명의 양식이 넘치는 아름다운 세상으로 우리를 들어가게 하신다.[72]

---

72 누라 캘러거, 〈성찬〉, 130.

2 굶주린 배를 채워주는 식탁

§광야의 기적

예수는 즐겁게 먹고 마실 때도 있었지만 사실은 거의 항상 배가 고팠다. 마태복음 12장에는 이런 일화가 기록되어 있다.

"그 무렵에 예수께서 안식일에 밀밭 사이로 지나가셨다. 그런데 제자들이 배가 고파서, 밀 이삭을 잘라서 먹기 시작하였다"(마태복음서 12:1).

제자들이 굶주려 밀 이삭을 잘라 먹고 있을 때 선생인 예수만 배가 부르지는 않았을 것이다. 예수 주변에는 배고픈 사람들이 많았다. 예수는 배고픈 사람들 사이에서 살았다. 역사가 요세프스에 따르면 당시 팔레스틴 지역에는 다음 날 아침 끼니를 걱정하지 않고 마음 편하게 잠자리에 드는 주부가 많지 않았다고 한다.

마태복음 14장 13절에 보면 예수께서 세례 요한이 처형되었다는 말을 듣고 배를 타고 떠나 따로 빈 들에 가셨다고 한다. 그러나 예수의 소문을 들은 무리들이 여러 고을로부터 타박타박 걸어서 빈 들로 모여들었다. 예수는 모여든 군중들을 보면서 어떤 마음이 들었을까?

마태는 예수께서 큰 무리를 보시고 불쌍히 여기셨다고 한다. 그들의 가난, 아픔, 슬픔에 공감하여 같이 아픔을 느끼셨다는 말이다. 예수는 모여든 무리들을 불쌍히 여기시고 배고픈 사람들을 먹이셨다.

예수가 차려주신 식탁은 굶주린 배를 채워주는 식탁이었다. 예수의 식탁은 가난하고 배고픈 사람들과 함께 나누는 식사였다. 예수는 빈 들에서 허기진 백성을 보고 불쌍히 여기셨다. 그들이 가다가 길가에 쓰러지지 않을까 걱정하신 예수는 보리빵 다섯 개와 물고기 두 마리로 5,000명 이상인 민중들을 먹이기 위해 기적을 행하셨다. 주린 자를 먹이는 것은 다른 어떤 일보다 중요한 일이다. 음식을 먹는 것은 주린 배를 채우고 힘을 얻기 위해서다. 사실 굶주린 사람에게 맛과 즐거움은 부수적으로 따라오는 것이다.

구약 성경 율법서를 읽어보면 곡식을 거둘 때 전부 다 거두지 말라고 했다. 모퉁이 이곳저곳에 일부를 남겨 놓고 거두라는 것이다. 감람나무를 털 때 몽땅 다 털어가지 말라고 했다. 당시 경제적 약자인 나그네와 고아와 과부들이 최소한 굶주림을 면할 수 있게 하려는 하나님의 마음이 율법에 담겨 있는 것이다.

배고픈 이가 빵을 요구하는 것은 인간의 정당한 기본 권리다. 그러기에 성 프랜시스는 "가난한 이가 빵을 달라고 하는 것은 자기 것을 달라고 하는 것"이라고 하였다.

§사탄의 음식 유혹

예수는 본격적인 활동을 앞두고 광야에 들어가서 40일 동안 금식하며 기도했다. 배가 매우 고픈 상태인 예수에게 사탄이 시험하러 다가왔다. 사탄은 하나님의 뜻에 저항하고 인간을 유혹하는 힘이다. 사탄은 악마를 대표하는 이름이다. '붉은 악마'가 우리나라 축구 응원단을 대표하는 이름이 되어 친숙하게 여겨지지만 원래 악마는 하나님의 뜻에 반대하는 영적인 힘을 대표하는 존재다.

인간을 타락으로 이끄는 악마의 유혹과 시험은 어디에서나 작동한다. 화려한 환락의 거리에서도, 하나님을 경배하는 예배당 안에서도 유혹은 스며든다. 사탄의 유혹과 시험은 때를 가리지 않는다. 성공에 들떠 있을 때도, 금식하며 기도할 때도 사탄은 사람을 하나님으로부터 멀어지게 하려고 한다. 사탄은 신앙의 수준과 상관없이 누구에게나 다가와 하나님의 뜻에 저항하도록 부추긴다.

§음식의 위력

광야에서 40일 동안 먹지 않은 예수는 굶주려 죽을 지경이었다. 잘 먹고 지내는 우리는 음식이 우리에게 얼마나 절실한지, 절대적인지 생각조차 하지 않는다. 우리는 다른 사람의 경험과 글을 통해서 음식의 위력을 어렴풋이 알 뿐이다.

솔제니친은 굶주린 사람에게 음식의 위력이 얼마나 대단한지 수용소에서 겪었던 일을 묘사했다. 굶주림이 일상화된 수용소에서는 살아 있는 모든 순간이 식사에 맞추어지게 된다고 하였다. 식사는 그만큼 절실하고 절박한 것이다.

작가 프리모 레비는 〈이것이 인간인가〉라는 책에서 자기가 아우슈비츠 강제 수용소에서 겪은 일을 이야기하면서 음식의 위력, 배고픔의 절박성에 대해 이렇게 말했다.

굶주림이 심하면 누구나 음식 앞에서 짐승이 될 수밖에 없다. 먹을 것이 풍성한 사람은 허겁지겁 퍼먹는 사람을 비웃을 수 있다. 그러나 며칠 제대로 먹지 못한 상태라면 그 사람 역시 짐승같이 음식을 향해 달려들어 처먹을 것이다. 누구도 그런 모습을 조롱해서는 안 된다.[73]

§ 사람은 밥으로만 사는 것이 아니다

사탄은 굶주림으로 헛것이 보일 정도로 약해진 예수에게 다가와 속삭였다. 너는 굶주림이 얼마나 사람을 절박하게 하는지 알지 않느냐. 너는 굶주린 인간에게 음식이 얼마나 큰 힘으로 다가오는지 알지

---

73 프리모 레비/이현경 옮김, 〈이것이 인간인가〉 (파주: 돌베개, 2016), 115.

않느냐. 너의 사명은 우선 굶주린 사람들을 배불리 먹이는 것이다. 하나님의 아들이 가진 능력으로 우선 널려 있는 돌들을 빵이 되게 하여 먹어라. 우선 너부터 먹고 힘을 얻고 나서 굶주린 백성들에게 빵을 먹여라. 그러면 사람들이 너를 따르고 너의 가르침에 순종하고 행복해할 것이다. 하나님의 뜻을 하늘에서 찾으려 하지 말고 이 땅의 현실에서 찾아라.

사탄은 예수에게 사명을 너무 높게 잡지 말아라. 일을 크게 확대하지 말고, 먹고 사는 문제부터 접근하라고 했다. 당장 급한 문제, 배고픔부터 해결하라는 것이다. 너는 인간을 높이 평가하지만 사실 인간은 대단한 존재가 아니다. 인간이란 배가 부르면 만족하는 존재일 뿐이다. 백성들의 배고픔을 해결해주는 것이 우선이다. 사람이 사람답게 사는 것, 정의를 추구하고 서로 사랑하는 것 등은 우선 배가 부른후의 일이다.

사탄의 유혹에 대하여 예수는 이렇게 말씀했다.

"사람이 빵으로만 살 것이 아니라, 하나님의 입에서 나오는 모든 말씀으로 살 것이다"(마태 4:4)

예수의 대답은 배고픈 백성을 먹이는 것이 나쁘다는 것이 아니다. 다만 굶주린 사람을 먹이는 것만이 전부가 아니라는 말이다. 사람은 빵을 먹어야 살지만, 우리를 살아 있게 하는 것은 하나님의 은혜이며, 사람을 사람답게 살게 하는 것은 빵이 아니라 하나님의 말씀이다.

§지상의 빵과 천상의 빵

도스토옙스키는 가난이 얼마나 무서운 현실인지, 굶주림이 얼마나 삶을 피폐하게 만드는지 잘 알았다. 그렇지만 그는 인간이 빵만으로 사는 것이 아니라는 점을 예수의 입을 통해서 확인시킨다. 그는 〈카라마조프 가의 형제들〉에서 광야에서 있었던 사탄과 예수의 대결을 16세기 스페인 세비야로 무대를 옮겨놓는다. 이번에는 세비야를 지배하는 대심문관으로 등장하여 사탄은 예수와 대결한다.

감옥에 있는 예수를 찾아온 대심문관은 옛날 광야에서 사탄의 제의에 대하여 예수가 했던 답변을 문제 삼는다.

"너는 사람은 빵만으로 사는 것이 아니라고 반박했지만, 너는 알고 있느냐. 바로 이 지상의 빵의 이름으로 지상의 정신이 너한테 반기를 들고 일어나서 너와 싸워 너를 이길 것이다."[74]

대심문관은 예수가 인간을 너무 높게 평가했다고 지적한다. 인간은 먹을 것을 줘야 말을 듣는 존재로, 짐승보다 나을 것이 없다는 거다. 인간은 자유보다 빵을 더 소중히 여기는 존재라는 것이다. 그러니 그런 인간을 다루려면 '일단은 먹을 것을 주고, 그런 다음에 그들에게 선행을 요구하라!'는 것이다.

대심문관은 예수가 민중들에게 천상의 빵을 약속했지만 영원히 악

---

74 도스토옙스키/김연경 옮김, 〈카라마조프 가의 형제들 1〉 (서울: 민음사, 2012), 532.

덕하고 영원히 배은망덕한 인간 종족에게는 지상의 빵이 더 중요하다고 말한다. 천상의 빵을 위해 지상의 빵을 멸시할 사람은 아주 소수에 지나지 않으니 이제라도 너는 가망 없는 일을 포기하는 것이 좋다는 것이다.

대심문관은 지상의 빵과 천상의 빵을 대비시킨다. 지상의 빵이 인간의 굶주림을 채워주고 사람이 살아갈 수 있게 해주는 에너지원이라면 천상의 빵은 자유, 정의, 사랑, 가치, 하나님의 뜻이다. 대심문관은 먼저 할 것은 지상의 빵으로 굶주린 배를 채워주는 것이라고 한다. 그러나 예수는 천상의 빵이 먼저라고 한다. 그는 이렇게 말했다. 너희는 무엇을 먹을까 입을까 걱정하지 말아라.

"너희는 먼저 하나님의 나라와 하나님의 의를 구하여라. 그리하면 이 모든 것을 너희에게 더하여 주실 것이다."(마태 6:33)

대심문관은 민중을 무시했다. 먹을 것을 주면 말을 잘 듣는 개, 돼지 취급을 했다. 그러나 예수는 민중을 무시하지 않았다. 대심문관은 예수가 천상의 빵만 중요하게 여기고 지상의 빵을 무시했다고 비난하지만 사실 예수는 지상의 빵을 무시하지 않았다. 예수는 사람이 빵만으로 사는 것이 아니라고 했을 뿐, 지상의 빵이 없어도 된다고 하지는 않았다. 누구보다 배고픔을 많이 경험했으며, 굶주림의 고통을 아는 예수는 광야에서 굶주린 사람들에게 빵을 먹이셨다. 다만 사람이 사람답게 살려면 먼저 하나님의 뜻을 구하는 것이 옳다고 하셨다.

§ 오늘 우리에게 일용할 양식을 주소서

위의 소제목은 예수가 제자들에게 기도에 대해서 가르친 주기도문 가운데 한 구절이다. 예수는 사람이 빵으로만 사는 것이 아니라고 단호히 말씀하셨지만, 인간이 먹어야 산다는 것을 잘 아셨다. 그래서 너희는 하나님께 기도할 때 '오늘 우리에게 일용할 양식을 달라'고 기도하라고 가르치신 것이다.

이제 이 구절에 담긴 뜻을 찾아봄으로써 예수는 우리의 식탁이 어떤 식탁이 될 것을 기대하셨는지 알아보자.[75]

① '오늘 우리에게 일용할 양식을 주소서' 이 간구는 우리가 밥을 먹고 사는 육신을 지닌 존재임을 상기시킨다. 이 기도를 하면서 우리는 하나님이 주시는 양식이 없으면 죽을 수밖에 없는 존재임을 고백한다. 이 기도를 드림으로 우리는 하나님께 신뢰를 바친다. 우리의 생명은 하나님의 돌보심 가운데 유지된다는 것을 고백한다.
② '오늘 우리에게 일용할 양식을 주소서' 이 간구는 하나님의 주권을 인정하며, 하나님의 다스림에 우리의 삶을 맡긴다는 고백이다. 이 기도를 드리며 우리는 이렇게 고백한다. 음식이 없으면 우리는 살 수 없습니다. 음식의 위력 앞에서 우리 인간은 절절맵니다. 하지만 음식을

---

75 이하는 이문균, 〈교회에서 처음 배우는 주기도문 사도신경〉 (서울: 사자와 어린양, 2023), 73-82 내용을 반영하였다.

주시는 분은 하나님이며, 우리는 음식의 힘이 아니라 하나님의 능력과 돌보심 때문에 살아갑니다.

우리는 식탁에 놓여 있는 밥 한 그릇을 하나님의 선물로 인식한다. 밥 한 그릇에서 하나님의 돌보심과 은총을 인식한다. 그리스도인은 세상에 당연히 받아도 되는 것은 없다고 생각한다.

③ '오늘 우리에게 일용할 양식을 주소서' 이렇게 기도하지만 우리는 사람이 밥만 먹고 사는 존재가 아님을 안다. 예수께서 광야에서 시험을 받으셨을 때, "사람이 빵으로만 살 것이 아니요, 하나님의 입으로부터 나오는 모든 말씀으로 살 것이라"고 하신 말씀을 기억한다. 그래서 이 기도를 드리면서 우리는 육체의 생명을 살리는 육신의 양식을 구하는 동시에 영혼을 살리는 양식, 하나님의 뜻에 따라 살아가도록 힘을 주는 영혼의 양식인 하나님의 말씀도 주실 것을 간구한다.

④ '오늘 우리에게 일용할 양식을 주소서' 솔직히 말하면 우리에게는 이 기도가 절실하지 않다. 집에 먹을 것이 충분히 있기 때문이다. 그러나 과소비 문화 가운데 살아가는 우리에게 이 기도는 삶에 대한 우리의 생각을 바로잡게 한다. "세상이 우리에게 더 많은 것을 가져야 한다고 유혹할 때 '아니요'라고 말할 수 있게 하소서" 우리는 이 기도를 드리면서 우리가 원하는 것이 아니라 우리에게 정말 있어야 할 것을 원하는 법을 배우게 된다.

⑤ '오늘 우리에게 일용할 양식을 주소서' 이 간구는 내게 일용할 양식을 달라고 하지 않고 우리에게 일용할 양식을 달라고 한다. 이 기도는 나에게 일용할 양식이 풍부할지라도 여전히 굶고 있는 사람이 많

다는 사실을 기억하고 그들을 위하여 기도하게 한다. 모든 사람이 평화롭게 밥을 먹는 세상이 되게 하소서.

'오늘 우리에게 일용할 양식을 주시고' 이 기도를 드리면서 우리는 사람이 밥만으로 사는 것이 아니라는 뜻이 무엇인지 배운다.

첫째, 밥은 서로 나누어 먹고 친교의 끈을 튼튼히 해주는 한에서 '인간적' 양식이 된다.[76] 세상에는 굶주리는 사람, 외롭게 혼자 먹는 사람이 있다. 그런데 배고픈 이웃을 외면하고 자기 배만 불리려는 사람이 있다. 그런 사람의 식사는 인간의 식사가 아니라 동물의 식사다. 사람은 밥만 먹는 짐승이 되어서는 안 된다.

둘째, 밥은 공동체적 산물일 뿐 아니라 공동의 책임이다. 이 기도를 드리면서 우리는 우리 삶이 서로 연결되어 있음을 깨닫는다. 우리는 다른 사람의 수고와 성과를 나누어 받으며, 우리의 수고와 그 결과물을 다른 이들에게 주게 된다. 우리는 모두 다른 사람 덕분에 살고 있다.

셋째, 이 기도를 드리면서 우리는 삶의 규모를 줄이고 검소하게 살기를 다짐한다. 가난이 사회 구조적인 문제라는 이유로 굶주린 형제자매를 외면하는 것은 하나님을 외면하는 일이다. 구원은 물질과 깊이 연관되어 있다. 내 손의 빵은 물질이다. 지상의 빵이다. 그러나 물질로 되어 있는 지상의 빵이 배고픈 이웃에게 전달될 때 그 빵은 천상의 빵이 된다.

---

76 레오나르도 보프/이정희 옮김. 〈주의 기도〉 (서울:다산글방, 2000), 160.

3 애정의 식탁

§ 예수와 여자들

복음서에 보면 여자들이 예수를 따르고 도움을 주었다. 남성 중심의 사회였기에 예수의 핵심 제자들은 모두 남자였지만 정작 예수께서 체포되어 수모를 당할 때 남자들은 모두 달아났다. 예수께서 십자가에 달려 죽어갈 때도 남자들은 현장에 없었지만 몇몇 여자들은 끝까지 남아서 지켜보고 있었다.

예수는 여자들을 어떻게 대했나? 예수는 아무리 신분이 낮고 배운 것이 없더라도 여자를 무시하지 않았다. 요한복음에는 사마리아 땅 수가성 우물가에서 예수께서 행실이 좋지 않아 따돌림을 받은 여인과 대화하는 장면이 기록되어 있다.

예수와 그녀의 대화는 마실 물을 달라는 단순한 요청에서 시작되었지만 나중에는 예배드리는 문제를 놓고 이야기할 정도로 발전되었다. 예수는 그 여자를 하나님의 진리에 대해서 함께 이야기하는 상대자로 대접한 것이다. 예수는 갖가지 문제를 가지고 찾아온 여인들의 호소에 귀를 기울이시고 그들의 요청에 응답하셨다.

예수는 여인들과 스스럼없이 어울리기는 했지만 어떤 여자와도 배타적인 애정 관계로 발전시키지는 않았다. 자기 몸을 다른 사람을 위해서 십자가에 내놓아야 한다고 결심하신 예수는 사랑하는 여자가 있었더라도 결혼을 꿈꿀 수는 없었다.

그러나 소설가들은 예수의 삶에서 어떤 단서만 보이면 상상력을 발휘하여 이야기를 지어낸다. 그들은 상상한다. 예수가 마음에 드는 여인을 만나 사랑하고 결혼하여 가정을 이루고 자녀를 낳고 살 수도 있지 않았을까?

§그리스도의 마지막 유혹

그리스 출신 작가 니코스 카잔차키스는 〈그리스도의 마지막 유혹 The Last Temptation of Christ〉을 발표했다. 사탄이 제시한 최후의 유혹에 넘어간 예수가 여자와 살림을 차리기 위해 십자가의 죽음을 포기하게 했다면 어떻게 되었을까?

양손과 발목에 못이 박히고 끔찍한 고통을 겪은 예수는 십자가 위에서 정신을 잃는다. 그 순간 그의 눈앞에는 서른세 마리의 새들이 가지마다 앉아 노래를 부르는 높은 나무가 펼쳐져 있다.

여기서 바로 작품의 제목인 '그리스도의 마지막 유혹'이 무엇인지 모습을 드러낸다. 예수는 하나님의 아들로서 주어진 소명을 버리고 수호천사, 아니 악마의 역할을 수행하는 천사의 안내를 받아 마르다 마리아 자매와 함께 '나사로'라는 이름으로 목수 일을 하며 살아간다.

예수는 동생 마리아와 동침하여 많은 자식을 낳고 살고 있다. 언니 마르다는 함께 살면서 복음서에 나오는 것처럼 여전히 예수를 위해 식사를 준비하며 지낸다.

나이가 들어 백발이 성성한 예수에게 어느 날 이제는 모두 늙어버린 제자들이 다시 나타난다. 평온한 삶 속에서 얼굴에 가득한 주름살만큼이나 많은 삶의 지혜들을 체득한 예수였지만 젊은 시절 함께 나누었던 열정과 꿈에 대해 추궁하는 제자들 앞에서 그는 자꾸만 할 말을 잃는다.

예수는 자신이 선택한 길이 옳았는지 돌아본다. 그날 골고다 언덕에서 십자가에 달려 죽었다면 나는 세상을 바꾸었을 것인가? 십자가에서 내려와 평범한 인간의 삶을 택했지만, 아무것도 달라지지 않은 세상에서 살고 있는 자신에게 하나님은 여태껏 아무런 말씀도 하지 않는다. 과연 하나님의 뜻은 무엇일까?

"그는 머리가 흔들렸다. 언뜻 그는 이곳이 어디이고, 내가 누구이고, 왜 고통을 느끼는지 기억이 되살아났다. 정신이 들어 십자가에 달려 있는 자신을 본 것이다. 맹렬하고, 주체하기 힘든 기쁨이 그를 사로잡았다. 그렇다. 그렇다. 그는 겁쟁이, 도망자, 배반자가 아니었다. 그렇다. 그는 십자가에 못 박혀 있다. 그는 최후까지 명예롭게 그가

　　　　　　　　IV 이 사람 예수의 '인생 식탁'

지켜야 할 자리를 지켰으며, 약속을 지켰다. 그가 '엘로이, 엘로이!'라고 소리치며 기절한 순간에, 아주 짧은 한순간 동안에 '유혹'이 그를 사로잡아 못된 길로 이끌었다. 기쁨과 결혼생활과 아이들은 거짓이었으며, 그에게 겁쟁이, 도망자, 배반자라고 소리치던 몰락하고 노쇠한 노인들도 거짓이었다. 모두가, 모두가 악마가 보낸 환상이었다."[77]

십자가 위에서 혼절한 순간에 잠깐 빠져든 악마의 유혹을 인식하는 순간 그는 십자가 위에 매달린 채로 눈을 부릅뜬다. 고통 속에서 예수의 심장에는 기쁨이 용솟음친다. 양손과 발목 그리고 옆구리와 이마에서 흘러내리는 피는 분명 인간의 것이다. 안락한 인간의 길과 고통스러운 죽음을 관통하는 하나님의 길 사이에서, 예수는 후자를 선택한 것이다.

§ 레베카의 이기적인 사랑

소설 〈빌라도 복음서〉에서 작가 에릭 엠마뉴엘 슈미트는 상상력을 발휘하여 예수의 연애 사건을 일화 형식으로 소개한다. 체포되기 전날 예수는 과거를 회상하는 형식으로 사랑하는 여인과 헤어질 수밖

---

[77] 니코스 카잔차키스/안정효 옮김, 〈최후의 유혹, 하〉 (파주: 열린책들, 2014), 765-766.

에 없었던 사연을 이야기한다.

예수는 레베카와 사랑에 빠졌다. 예수는 어머니가 마련해준 금 브로치를 가지고 그녀에게 청혼하기로 결심했다. 사랑의 달콤함에 취한 예수는 레베카와 자신이 세상의 중심을 이루고 있다는 생각이 들었다. 오늘 밤 세상에는 우리 두 사람보다 더 젊고, 더 생기 넘치며, 더 아름다운 한 쌍은 존재하지 않을 것이라는 기분이 들었다.[78]

레베카와 예수 앞에 애정의 식탁이 차려졌다. 사랑하는 남자와 여자가 식탁을 마주하고 함께 식사하면 관계는 더 친밀해지고 깊어지게 마련이다. 그런데 그날의 식사 자리가 예수와 레베카의 관계를 끝내게 할 줄이야!

식사하는 도중 굶주린 노인과 아이가 구걸하기 위해 식탁 가까이 다가왔다. 차분하게 식사할 수 없다고 불평하는 레베카의 마음을 이해할 수 있었기에 예수는 그 자리에서는 머리를 끄덕여 동조를 표시했다.

"그 순간 나는 레베카를, 내 품 안에 껴안고 싶던 레베카의 육체만을 생각했다."[79]

노인과 아이는 굶주린 채 밤 한가운데로 사라졌다.

---

78 에릭 엠마뉴엘 슈미트/이미경 옮김, 〈빌라도 복음서〉 (서울: 열림원, 2012), 29.
79 에릭 엠마뉴엘 슈미트/이미경 옮김, 〈빌라도 복음서〉 (서울: 열림원, 2012), 29.

IV 이 사람 예수의 '인생 식탁'

그러나 다음 날 아침 예수는 아무 설명도 하지 않고 약혼을 깨뜨렸다. 그 이유를 예수는 이렇게 고백한다.

"진실은, 그날 저녁 강가에서 우리를 서로 꼭 붙여놓고 우리가 불행한 사람을 저버리도록 만든 '사랑의 눈먼 행복감'에 있었다. 나는 행복에는 깊은 이기심이 있음을 발견했던 것이다. 행복은 거리를 만들고, 타인을 거부하게 하고, 겉창을 닫아버리며, 다른 사람들을 잊어버리도록 만들고, 넘을 수 없는 벽들을 세운다. 행복은 우리가 세상을 있는 그대로 보는 것을 거절하는 것을 전제로 한다."[80]

예수는 행복 대신에 사랑을 추구하고 싶었다. 그가 추구하는 사랑은 레베카에게만 미칠 듯이 몰입하는 배타적인 사랑이 아니었다. 그는 배타적인 사랑이 아니라 포용적인 사랑을 원했다. 예수는 사랑, 그것을 배고픈 노인과 아이를 위해 가지고 있어야만 했다. 자신은 매혹적인 사람에 대한 애정이 아니라 사랑스럽지 못한 사람들을 위한 사랑을 갖고 있어야만 했다. 그래서 예수는 레베카에 대한 사랑을 포기하였다. 예수는 이렇게 생각했다.

"나는 행복을 위해 태어난 사람이 아니었다. 행복에 적합한 사람이 아니었으므로 결국 여자들을 위해 태어나지도 않은 셈이다. 레베카는 본의 아니게 이 모두를 깨우치게 했던 것이다."[81]

---

80 에릭 엠마뉴엘 슈미트, 〈빌라도 복음서〉, 30.

81 에릭 엠마뉴엘 슈미트, 〈빌라도 복음서〉, 30.

비록 상상력을 동원한 소설가의 작품이지만 엠마뉴엘 슈미트는 예수가 특정한 여인과 애정을 나누고 결혼할 수 없었던 이유를 잘 표현하였다.

§ 마르다와 마리아 자매의 아름다운 사랑

예수는 힘들고 피곤할 때 마르다와 마리아 자매의 집에서 위로와 힘을 얻었다. 자매는 성격이 서로 달랐다. 언니 마르다는 활동적이고 적극적이다. 누가복음 10장에 보면 예수를 대접하기 위해 마르다는 소매를 걷어붙이고 음식 준비에 바쁘다. 반면에 동생 마리아는 조용하고 순종적인 여자인 듯싶다. 그녀는 주님의 발아래 앉아 조용히 말씀을 듣는다. 대조적인 성격 때문에 두 여자는 성서 주석가들의 관심을 끌었다.

해석에 앞서 전제할 것이 있다. 예수는 우리처럼 우정과 사랑을 필요로 하는 분이다. 하나님은 우리를 사랑하시지만 동시에 우리 인간의 응답과 사랑을 원하신다. 예수는 하나님의 사랑을 우리에게 보여주기 위해서 이 세상에 오셨지만, 이 세상에 계시는 동안 외로우셨다. 복음서를 보면 많은 사람이 예수를 찾았고 예수 주위에 모여들었지만, 그분의 마음을 헤아리고 맑고 깨끗한 사랑을 기울이는 사람은 거의 없었다. 치유와 기적을 기대하면서 찾아온 무리들, 예수를 의심하고 시기하면서 공격할 틈만 노리는 종교 지도자들, 깨닫는 것이 둔하고 예수님의 심정을 헤아리지 못하고 끝까지 누가 더 높으냐고 자리 다툼을 벌이는 제자들, 이들 사이에서 예수님의 몸과 마음은 제대로 쉴 수가 없었다.

그러나 단 한 곳, 베다니에 있는 마르다 마리아 자매의 집에서만은 몸과 마음을 편히 쉴 수 있었다. 그곳에는 사심 없는 환대, 세심한 배려, 눈빛만 보아도 예수님의 아픔과 슬픔을 감지하고 따뜻하게 감싸 주는 사랑이 있었다.

예수를 향한 두 자매의 마음에 서려 있는 사랑을 무엇에 비유할 수 있을까. 진홍색으로 불타는 5월의 장미꽃 같았을까. 아니면 이른 봄 수줍은 듯 피어 있는 연분홍 진달래 같았을까. 예수는 목석 같은 분은 아니었다. 예수도 두 자매의 아름답고 순결한 사랑과 우정을 느끼면서 기쁨과 평화를 누렸다.

어느 날 예수님이 베다니를 향하여 오신다는 소문을 들은 자매는 당연히 자기 집에서 쉬실 것을 기대하면서 저녁 준비를 서둘렀다. 적극적이고 활동적인 언니 마르다는 직접 나가서 예수님을 방으로 모셔 드린 다음 곧바로 부엌으로 들어가 음식 준비에 여념이 없었다. 사랑하는 사람을 위하여 사심 없이 봉사하는 여인의 모습이 아름답다. 여자는 다른 인격에 대한 사랑에 이끌릴 때 자신이 하는 일에서 기쁨을 누린다.

예수님이 시장하실 것 같다는 생각이 들자 마음이 급해진 마르다는 주님의 발아래 앉아 말씀에 귀를 기울이고 있는 마리아를 보았다.

마르다는 예수님께 말했다. "주님, 내 동생이 나 혼자 일하게 두는 것을 아무렇지도 않게 생각하십니까? 가서 거들어주라고 내 동생에게 말씀해 주십시오" 마르다의 요구에 대하여 예수는 어떤 표정으로 말씀하셨을까. 책망하는 투로 말씀하셨을까. 비난하는 어조로 말씀하셨을까. 그렇지 않았을 것이다. 아마 약간은 미안한 표정으로, 아니면 마르다의 헌신적인 수고에 감사하는 마음으로 미소를 지으며 말씀하셨을 것이다.

수많은 사람에게 시달리고 오해와 비난을 받은 예수는 다른 무엇보다 공감과 사랑이 필요했다. 자신을 위해 정성껏 음식을 준비하는 마르다의 모습을 보면서 예수는 위로를 얻었을 것이다. 그녀가 준비한 음식을 먹고 다시 거대한 악과 대항할 힘을 얻었을 것이다. 그뿐만 아니라 발아래 앉아 자신이 하는 말에 귀를 기울이면서 미소를 짓기도 하고, 공감을 표하고, 때로는 안타까워하며 눈가에 눈물이 어리는 마리아의 모습을 보며 위로를 받고 앞으로 감당해야 할 십자가의 고난에 맞설 용기를 얻었을 것이다.

마리아에 대한 예수의 사랑은 어떤 사랑이었을까? 그분은 마리아를 귀엽고 사랑스러운 여인으로만 생각했을까? 학자들은 마리아 이야기에 담긴 급진성에 주목해야 한다고 말한다. 발아래 앉아 말씀을 듣는 것은 곧 제자의 자세를 보여주는 것이라고 한다. 당시 유대교 랍비들은 여자가 스승의 발아래 앉아 말씀을 배우는 제자의 자세를 취하는 것을 인정하지 않았다. 그러나 예수는 여성의 인격과 가치를 존중하였다. 예수는 남자들을 대할 때와 똑같은 호의와 신뢰, 요구와 약속을 갖고 여자에게 말씀하셨다. 예수는 여자를 멸시하고 천대하는 남자들의 행태에 맞서 여자를 인격적으로 대하셨다.

독일 신학자 몰트만 박사의 부인 벤델 여사는 〈예수 주변의 여인들〉이란 저서에서 마르다와 마리아 자매에 대한 교회의 평가를 간략하게 정리해 놓았다. 중세 기독교는 물질적인 것보다 정신적인 것을, 세속적인 것보다 천상적인 것에 더 가치를 두었다. 그래서 당시 교회는 정신적인 것에 관심을 기울이는 마리아에게서 기독교의 이상을 발견하고 마리아를 더 좋게 평가하였다.

종교 개혁자들은 선한 행위보다는 말씀에 근거한 믿음이 구원에 더 중요하다고 생각했기 때문에 말씀에 귀를 기울이는 마리아를 더 좋게 생각했다. 주님의 발아래 앉아 말씀을 듣는 마리아에게서 신앙인의 이상적인 모습을 보았다.

이례적으로 13세기 중세 천주교 신학자 에카르트는 다른 평가를 내렸다. 마르다에게서 새로운 여성상을 발견하고 그를 칭찬하였다. 마르다는 책임 있게 행동하는 여성, 세계와 세계의 과제에 관심을 기울이는 여성이라는 것이다. 그래서 에카르트는 마르다를 "성숙한 과일과 같은 존재"라고 표현하였다. 반면에 마리아의 수동적인 자세, 안락함을 즐기는 듯한 자세가 마음에 들지 않았던 에카르트는 마리아는 좋은 몫을 택했는지 모르지만, 그것이 그녀를 성숙하고 완성된 존재로 만들어주는 것은 아니라고 비판했다. 마리아는 우선 '사는 것'부터 배워야 한다고 했다.

어떤 해석이 옳을까? 예수는 마르다와 마리아 가운데 누가 더 마음에 들으셨을까? 성경에는 이렇게 기록되어 있다.

"예수께서는 마르다와 그의 자매(마리아)와 나사로를 사랑하셨다."(요한복음 11:5)

§ 폭력성과 관능성을 넘어서

로널드 르블랑은 도스토옙스키와 톨스토이의 음식과 남녀관계를 먹어 치우기와 맛보기, 폭력성과 관능성으로 정리하였다.[82] 그러나 예수의 음식과 남녀관계는 그러한 도식을 넘어선다. 예수는 음식과 남녀관계가 어떤 것이 되어야 하는지를 보여주었다.

애정이 깃든 식탁 이야기는 누가복음 7장 36절에도 나온다. 예수께서 바리새인 집에서 식사하고 계실 때 죄인으로 비난받는 한 여인이 예수님의 뒤로 가서 울며 눈물로 주님의 발을 적시고 자기 머리털로 닦고 그 발에 입을 맞추고 향유를 부었다. 팀 체스터의 해석은 예수께서 보여주신 음식과 남녀관계에 대해서 새로운 시각을 갖게 한다.[83]

본문은 그 여인을 죄인이라고 한다. 추측하건대 그녀는 과거에 창녀였거나 아직도 그 처지를 못 벗어난 처지였을 것이다. 그 여인은 예수

---

82 로널드 르블랑/조주관 옮김, 〈음식과 성: 도스토옙스키와 톨스토이〉, (서울: 그린비출판사, 2015), 16–20.

83 팀 체스터/홍종락 옮김, 〈예수님이 차려주신 밥상〉, (서울: IVP, 2013), 57–61

에게 공공장소에서 하기에는 부적절한 행동을 한다. 머리카락을 늘어뜨리고, 예수의 발에 떨어진 자신의 눈물을 자기 머리카락으로 닦아낸다. 당시 그 사회에서 머리카락을 늘어뜨린다는 것은 침실에서나 하는 행동이었다. 예수의 발에 입을 맞추고 향유를 부은 것은 그 여인이 예수를 남성 고객으로 대하고 있다는 암시마저 받게 한다.

확실히 그 여인은 바리새인의 집에서 음식을 드시는 예수에게 어울리지 않는 사람이었다. 그 여인의 행동은 아무리 보아도 부적절해 보인다. 예수가 여인의 행동을 제지하면서 "여기서 이렇게 하면 곤란하다. 마음만 받겠다"고 말씀하실 것도 같은데 예수는 아무 말씀도 하지 않으신다. 예수는 그 여인의 행동을 진실한 것으로 파악하셨다. 관능적 행위가 아닌 순수한 사랑의 행위로 해석하신 것이다. 예수는 자신의 평판이 위기에 처할 수 있는 상황이지만 그 여인의 행동을 막지 않으셨다. 예수를 초대한 바리새인이 혼자 중얼거린다. "이 사람이 예언자라면 자기를 만지는 저 여자가 누구이며, 어떠한 여자인 줄 알았을 터인데! 그 여자는 죄인인데!"

놀라워라. 예수는 그 여인과 한통속으로 취급받는 것을 기쁘게 여기셨다. 죄인들의 친구라는 비난에 대해 변명하지 않으셨다. 그들을 창피하게 생각하지 않으셨다. 예수는 세리와 창기, 죄인의 친구라는 말을 부끄러워하지 않았다. 그분은 그들과 함께 먹고 마시며 어울리셨다.

예수는 여인을 정복하거나 쾌락을 맛보는 대상이 아닌, 포용하고 치유해야 할 사람으로 대하셨다. 그리고 결국 예수는 그들을 위해 자기 목숨을 내어주셨다. 그렇게 해서 하나님은 먹이시는 분에서 우리와 함께 먹으며 사랑을 나누시는 분으로, 그리고 우리를 위해 기꺼이 자기 몸을 우리의 영혼을 살리는 음식으로 내어주시는 분으로 자신의 정체성을 드러내셨다.

예수는 결혼을 하나님이 제정하신 것으로 받아들이셨고 결혼하는 사람을 축복하셨다. 예수가 행한 첫 번째 기적은 하객으로 참석한 혼인 잔치 자리에서 일어났다. 그러나 정작 본인은 자신의 생명을 내어주기로 작정하셨기 때문에 여인과 배타적인 애정 관계를 갖지 않으셨다.

4 포용과 환대의 식탁

식탁은 우선 배의 욕구를 충족시켜주기 위한 공간이다. 식탁에 우리가 좋아하는 음식이 차려 있으면 기분이 좋다. 굶주린 배를 채우는 것은 무엇보다도 급하고 중요하다. 맛있어 보이는 반찬을 선택하여 맛을 음미하며 먹는 건 더 좋다. 그러나 먹을 때 중요한 것은 음식의 종류와 상태만이 아니다. 어떻게 먹느냐, 누구와 먹어야 하느냐도 함께 생각해야 한다.

§ 식탁의 불평등성

식탁은 음식을 먹는 자리지만 우리를 사회적 관계로 불러들이는 공간이기도 하다. 식탁은 무엇을 먹을지 결정하는 자리일 뿐 아니라, 누구와 함께 먹을지를 선택하는 자리이기도 하다. 사람들은 사회적으로 명망 있고 영향력이 있는 사람과 친밀한 관계를 맺기 위해 식사에 초대한다. 그렇게 의도적으로 사람을 선별하지 않더라도 사람들은 편하게 먹기 위해 자신과 비슷한 신분, 평소 친분이 있는 사람과 식탁을 마주하고 먹기를 좋아한다. 그래서 식탁만큼 우리의 사회적 신분이나 친밀감을 잘 보여주는 것은 거의 없다.

사람은 모두 평등하다고 주장하지만, 식탁에서는 직위에 따라 대접이 다르다. 음식은 평등하지만, 앉는 자리는 신분과 처지에 따라 달라진다. 직장이나 공직 사회에서 식사를 할 때는 서열에 따라 자리가 배치되는 것이 보통이다. 식탁은 사람들을 친밀하게 결속시킬 수도 있고, 사람을 차별하고 배제시킬 수도 있다.

§ 식탁의 경계표지

어느 문화권에서나 식사는 '경계표지'를 보여준다. 그 '경계표지'를 따라 식사 자리에 함께할 수 있는 사람과 함께할 수 없는 사람을 공식적으로 갈라놓는다. 현대 사회에서는 그런 경계가 없는 것 같지만 실제로는 여전히 은밀하게 경계표지가 작용하고 있다.

그렇다. 모든 문화권에서, 동서를 막론하고 옛날이나 지금이나 식탁은 '경계표지'를 뚜렷이 드러낸다. 식사 자리는 상대방을 어느 정도로 가깝게 여기고 수용하는지를 표시해준다. 식사 초대는 관계가 소원해진 사람들이 다시 화해하는 통로가 되기도 한다. 반대로 식사 초대를 하지 않음으로 사이가 좋지 않음을 비공식적으로 드러내기도 한다. 우리 사회에서도 어떤 사람과 함께 앉아 식사한 것이 자랑이 되기도 하고, 추문이 되기도 한다.

예수가 활동할 당시 유대교는 '누구와 식사할 수 있는가?'에 대해서 관심이 많았다. 유대교 지도자들은 식사를 함께할 수 있는 사람을 정하는 경계선을 갖고 있었다. 그 경계선을 기준으로 바리새인들은 함께 식사를 할 수 있는 사람과 할 수 없는 사람을 구별하고 사람들 사이에 벽을 세웠다.

그런데 예수는 유대 사회가 그처럼 중요하게 여기는 식탁의 경계를 허물어버렸다. 예수는 바리새인들이 설정한 경계표지를 무시했다. 예수는 변두리 인간들과 즐겁게 먹고 마심으로 식탁의 경계 표지판을 걷어찼다. 예수는 누구와 식사를 해야 하느냐는 질문 자체를 부적절한 것으로 만들어버렸다.

§ 교제와 포용을 위한 식탁

예수가 음식을 먹는 식탁에는 경계표지가 없었다. 예수의 식탁은 다른 사람을 배제하는 자리가 아니었다. 예수의 식탁은 포용하고 교제하는 자리, 죄인을 용납하는 자리였다.

바리새인은 율법을 준수하는 사람, 정결한 사람이면 나와 함께 식탁에 함께 앉을 수 있다고 하였다. 그러나 예수는 깨끗하든 깨끗하지 않든 누구나 나와 식탁에 앉을 수 있다고 하였다. 그리고 당신이 깨끗하지 않으면 나는 당신을 깨끗하게 하겠다고 했다.

예수는 음식을 먹는 식탁이 차별하고 정죄하는 자리가 아니라 은혜의 자리가 되기를 원하셨다. 예수는 영적으로나 육체적으로 병든 사람들을 식탁에 초대하여 같이 먹고 즐기며 그들을 품었다.

예수는 바리새인들이 경계선 밖으로 밀어낸 사람들, 여자, 이방인, 장애인, 병자, 세리와 어울렸으며 그들의 식사 초대에 기꺼이 참석하여 그들과 즐겁게 먹고 마셨다. 그분의 식사 자리에는 어떤 차별도 배척도 없었다.

예수는 바리새인의 식사 초대에도 응하셨다. 그러나 그들의 경계표지는 받아들이지 않으셨다. 율법과 규례를 엄격하게 지키는 바리새인들은 경계선 밖에 있는 사람들과 어울리면 자신들도 부정을 탄다고 생각했다. 그러나 예수는 그런 구분을 무시했다. 예수는 평범한 유대인들조차 함께하기를 꺼리는 사람들, 이방인, 창녀, 세리들과 함께 식탁에 앉아 음식을 드셨다. 그 때문에 예수는 비난을 받았고, 미움을 받았다. 예수가 십자가에서 죽어야 했던 이유 가운데 하나는 예수가 식사의 '경계표지'를 무시하고 죄인으로 규정된 부정한 사람들과 함께 식사를 했기 때문이다.

예수의 식탁은 모든 경계를 허물고 누구도 차별하지 않고 초대하는 환대의 식탁이었다. 스캇 맥나이트는 예수의 식탁을 이렇게 표현하였다.

Ⅳ 이 사람 예수의 '인생 식탁'

"예수의 식탁은 그 시대의 어떤 사람들에게는 갖가지 음식을 한데 넣고 비벼 먹는 커다란 양푼처럼 보였음에 틀림없다. 이 식탁에는 평범한 유대인들이 야생동물 같은 나병 환자, 여성, 이방인, 창녀, 세리 또한 율법 준수자들, 그리고 별다른 기록이 없는 죄인들과 함께 있었다. 이들 모두는 예수가 요리하는 천국 요리 냄비 안에 뒤섞여서 진국이 우러나올 때까지 보글보글 끓고 있다."[84]

§ 탕자의 비유가 보여주는 환대의 식탁

누가복음 15장에는 '탕자의 비유'가 있다. 그 비유를 말씀하게 된 배경을 누가복음은 이렇게 이야기한다.

"세리들과 죄인들이 모두 예수의 말씀을 들으려고 그에게 가까이 몰려들었다. 바리새파 사람들과 율법학자들은 투덜거리며 말하였다. '이 사람이 죄인들을 맞아들이고, 그들과 함께 음식을 먹는구나.'"(누가복음 15:1-2)

그들이 투덜거린 것은 예수가 죄인들, 사회의 찌꺼기 같은 사람들과 함께 식탁에 앉아 음식을 먹고 있었기 때문이다. 예수는 식탁에 함께

---

84 스캇 맥나이트, 〈예수 신경〉, 223.

앉기를 거부하는 사람들에게 '탕자의 비유'를 들려주셨다.

아버지의 유산을 미리 받아내 먼 나라에 가서 가진 돈을 모두 허비하고 거지가 된 탕자가 집으로 오고 있었다. 그러나 거지가 되어 돌아왔지만 아버지에게는 탕자가 아니라 여전히 사랑하는 아들이었다. 아버지는 모든 것을 잃고 망가져서 돌아온 둘째를 환대하고 잔치를 벌인다. 이런 아버지의 모습을 통해서 예수는 하나님이 어떤 분인지, 하나님이 꿈꾸는 세상이 어떤 것인지 바리새인과 율법학자들에게 알려주고 싶었다.

그 비유 후반부에는 뒤늦게 일터에서 돌아온 첫째 아들이 등장한다. 그는 돌아온 동생을 맞이하여 잔치를 벌인 아버지에게 불만을 쏟아놓는다. 저런 녀석은 아버지 식탁에 같이 앉을 자격이 없다는 것이다. 자신은 가산을 탕진한 죄 많은 녀석과는 식탁에 함께 앉아 먹을 수 없다고 뻗댔다. 첫째 아들은 돌아온 동생을 동생이라고 부르지 않는다. 그는 가산을 허비한 탕자를 환대하는 아버지의 처사가 옳지 않다고 주장했다. 아버지는 동생을 거부하는 첫째 아들에게 당부한다. 너도 나와 함께 식탁에 함께 앉아 잔치를 즐기자고 한다.

"얘야, 너는 늘 나와 함께 있으니 내가 가진 모든 것이 다 네 것이다. 그런데 너의 이 아우는 죽었다가 살아났고, 내가 잃었다가 되찾았으니, 즐기며 기뻐하는 것이 마땅하다."(누가복음 15:31-32)

IV 이 사람 예수의 '인생 식탁'

§마틴 루터 킹 목사의 꿈- 포용의 둥근 식탁

예수는 사람들에게 포용하고 환대하는 세상에 대한 꿈을 꾸게 하였다. 새로운 사회에 대한 예수의 꿈은 수많은 사람에게 영감을 주고 변화를 일으켰다.

마틴 루터 킹 목사는 링컨기념관 광장에서 'I have a dream!'이라는 유명한 연설을 했다. 그는 자기의 꿈이 아메리칸 드림에 근거한 꿈이라고 했지만, 아니다! 그의 꿈은 예수의 꿈에 뿌리를 두고 있다. 예수가 꾸었던 꿈은 둘째 아들과 첫째 아들이 함께 앉아 하나님이 베푼 둥근 밥상, 포용과 환대의 식탁에서 먹고 마시는 꿈이었다. 예수의 꿈을 이어받은 마틴 루터 킹 목사는 피부 색깔을 따라 사람을 평가하고 차별하는 미국 수도 워싱턴에서 외쳤다.

"나에게는 꿈이 있습니다. 조지아주의 붉은 언덕에서 노예의 후손들과 노예 주인의 후손들이 형제처럼 손을 맞잡고 식탁에 함께 앉게 되는 꿈입니다. 내 아이들이 피부색을 기준으로 사람을 평가하지 않고 인격을 기준으로 사람을 평가하는 나라에서 살게 되는 꿈입니다."

우리도 그런 꿈, 예수가 꾸었고, 마틴 루터 킹 목사가 꾸었던 꿈을 꾸어야 한다. 빈부, 좌우 이념, 남녀가 나뉘어 서로 상대방을 비난하고 배척하는 분열의 시대에 우리는 서로를 용납하고 포용하는 둥근 밥상, 환대의 식탁에 앉아 함께 음식과 기쁨을 나누는 날을 꿈꿔야 한다. 아니 그렇게 살아야 한다.

누가 우리 식탁에 나와 함께 앉아 먹을 수 있는가? 누구와 무슨 음식을 어떻게 먹을 것인가에 대한 고민은 최종적으로 사회의 모습을 달라지게 한다. 누가 나와 함께 앉아 먹을 수 있는가라는 문제는 차별과 배제를 강화하기도 하고 포용과 차별 없는 환대를 실현하기도 한다. 예수는 차별과 배제를 정당화하는 세상에서 밀려나 있던 사람들과 함께 먹고 마심으로 포용과 차별 없는 환대를 실천하였다. 차별 없는 세상에 대한 꿈을 공개적으로 드러냈다. 그래서 예수는 차별과 배제를 제도화하여 권력을 행사하던 당시 지배자들의 미움을 받았으며, 결국 십자가에서 살해당했다.

5 희생과 생명의 식탁

인간은 음식을 통해 생명을 유지한다. 그런 의미에서 음식이 차려진 모든 식탁은 생명의 식탁이다. 기억해야 할 것은 모든 생명의 배후에는 희생이 있다는 사실이다. 우리의 생명을 위해 누군가의 희생, 무언가의 희생이 있었다. 어떤 사람의 식탁은 타자를 배제하고 혼자 욕심을 채우는 식탁이지만 어떤 사람의 식탁은 함께 먹고 서로 성장시키는 생명의 식탁이 된다. 음식은 단순히 에너지의 원천이 아니다. 음식을 어떤 마음으로 먹느냐에 따라 그 음식은 사람을 추하게도 하고 빛나게도 한다.

§ 헤롯의 생일잔치 식탁과 예수의 광야 식탁

가난하고 배고픈 사람이 주위에 있는데 자신의 배만 채우는 식탁은 탐욕으로 물든 병든 식탁이다. 예수께서 굶주린 사람들을 먹이신 '오병이어' 사건이 기록되어 있는 부분(마태 14:13-21) 바로 앞에는 당시 분봉왕 헤롯의 생일잔치 이야기가 나온다(마태 14:1-12).

성서를 기록한 사람은 헤롯의 생일 잔칫상과 예수께서 차려주신 광야의 식탁을 의도적으로 나란히 배열하였다. 하나는 민중을 억압하고 착취하여 먹는 부패한 식탁, 억압의 식탁, 포만의 식탁, 병든 식탁, 죽음의 식탁이고, 다른 하나는 가난하고 배고픈 민중이 함께 먹는 소박한 식탁, 배고픈 사람을 먹이는 사랑의 식탁, 함께 먹는 나눔의 식탁이다. 예수의 식탁이 굶주린 사람들을 먹이는 사랑의 식탁이었다면 헤롯의 식탁은 배부른 자들이 음식이 목에 차오르도록 먹고 토하는 더러운 식탁이었다.

§죽음의 식탁

헤롯의 잔칫상은 보통 사람이 상상하기 힘들 정도로 화려했다. 정경호는 헤롯의 생일잔치는 로마 귀족의 연회와 비슷했을 거라고 하며 로마 귀족의 잔치가 어떻게 진행되는지 설명한다.

식사가 시작될 무렵에 하인들은 얼음처럼 차가운 물로 손님들의 손과 발을 씻겨주었다. 식전 요리를 마치면 본 식사에 돌입한다. 각종 기름진 요리가 나온다. 살찐 어린 닭, 암퇘지 요리, 토끼 요리, 후추 양념을 뿌려 맛을 더한 구운 생선요리가 상에 오른다. 뒤이어 수 멧돼지 고기와 시리아산 대추, 이집트산 대추가 나오고 통돼지 요리가 나온다. 삶은 송아지 요리가 나오는 것으로 본 식사가 끝난다. 본 식사를 하는 동안 사람들은 남의 눈을 피해 화장실을 들락날락한다. 먹은 음식을 토해내고 계속해서 음식을 먹기 위해서다. 본 식사가 끝난 다음 후식이 나온다. 샤프란 향료가 첨가된 과자 등 다양한 과자가 나온다. 후식 후에도 먹는다. 시식용 굴과 조개, 그리고 달팽이 요리로 입가심을 한다.[85]

헤롯의 흥겨운 생일잔치는 헤로디아의 딸 살로메의 춤에서 절정에 이른다. 민중을 억압하고 착취해서 마련한 잔치 자리에서 춤추는 여인 '살로메'의 이름이 '평화'를 의미한다는 것은 이 세상의 모순과 불행을 보여준다. 기분이 좋아진 헤롯은 살로메에게 원하는 것은 무엇이든 들어주겠다고 약속한다. 살로메는 엄마 헤로디아의 지시에 따라 세례 요한의 목을 달라고 요청한다. 대중 앞에서 공개적으로 한 약속을 거부할 수 없었던 헤롯은 요한의 목을 베어오게 한다. 흥겨운 포만의 잔치, 착취의 잔치는 죽음의 잔치로 끝났다. 헤롯의 식탁은 억압과 착취가 배어든 부패한 식탁이었고 세례 요한의 목에서 피가 뚝뚝 떨어지는 죽음의 식탁이었다.

85 정경호, 〈성서를 통해 맛보는 생명의 밥상, 평화의 세상〉 (서울: 대한기독교서회, 2013), 135-137.

춘향전에도 부패한 관리의 식탁, 민중의 고혈을 짜내는 죽음의 식탁 이야기가 나온다. 변 사또의 잔치 자리다, 변장하고 나타난 어사 이 도령에게 차려준 상은 개상판에 닥나무 젓가락, 콩나물, 깍두기, 막걸리 한 사발이 전부다. 시 한 수를 짓겠다고 나선 거지로 변장한 어사는 백성의 고달픔을 이렇게 읊는다.

"금동이의 아름다운 술은 일만 백성의 피요

옥소반의 아름다운 안주는 일만 백성의 기름이라

노랫소리 높은 곳에 원망 소리 높았더라"[86]

§ 생명의 식탁

어둑어둑한 저녁에 광야에 차려진 보리떡 다섯 개와 마른 생선 두 마리는 초라한 음식이었다. 그러나 예수께서 배고픈 민중을 먹이신 광야의 식탁은 생명의 식탁이었다. 그곳엔 배고픈 사람들이 있었고 그들을 불쌍히 여기는 예수의 사랑이 있었다. 예수의 식탁에는 하나님께 바치는 감사가 있었고 축복을 비는 기도가 있었다. 그리고 음식을 함께 나누어 먹는 기쁨이 있었다. 그 식탁에 참석한 사람들은 모두 힘을 얻었고, 생명의 기쁨을 누렸다. 그 식탁에는 소박한 음식, 아

---

86 송성욱 옮김, 〈춘향전〉 (서울: 민음사, 2004), 176.

IV 이 사람 예수의 '인생 식탁'

니 초라한 음식이 놓여 있었지만, 그 식탁은 사랑과 나눔과 감사가 있는 생명의 식탁이었다.

§최후의 만찬

언제나 마지막이 있다. 마지막으로 부른 노래가 있고, 마지막 걸음이 있다. 마지막으로 먹은 음식이 있다. 호스피스 병동 침상에 있지 않더라도 누구에게나 '생의 마지막 식사'를 하는 날이 온다. 죽음을 앞둔 사람에게 음식은 어떤 의미가 있을까? 그 식사 자리에 누가 함께 있게 될까? 음식이 놓여 있는 생의 마지막 식탁 앞에서 사람은 어떤 마음이 들고, 어떤 말을 하게 될까.

3장에서 우리는 〈내 생의 마지막 식사〉에 나오는 다양한 사람의 갖가지 반응과 그 사람을 지켜보는 사람들의 이야기를 들어보았다. 그런데 가장 유명한 마지막 식사는 성경에 나오는 예수가 제자들과 나눈 최후의 만찬이다. 그 마지막 식사에 대해서 복음서가 전하는 내용을 보자.

마태복음에 보면 예수는 제자들을 시켜서 유월절 만찬을 할 장소를 준비하게 한다. 마가의 어머니 마리아가 집주인으로 추측되는 그 집에서 예수는 제자들과 함께 마지막 식사를 하신다. 유월절은 이스라엘 백성이 이집트에서 노예로 살다가 해방된 것을 기념하고 축하하는 날이다. 유월절 식탁에는 1년 된 흠 없는 어린양, 누룩을 넣지 않은 빵, 쓴나물과 포도주 등이 차려진다. 유월절 만찬은 이스라엘을 해방시킨 하나님, 구원의 하나님께 감사드리고 찬양하는 식사였다. 예수께서 제자들과 함께 유월절 만찬을 드셨다. 그 장면을 성경은 이렇게 기록하고 있다.

"그들이 먹고 있을 때에, 예수께서 빵을 들어서 축복하신 다음에, 떼어서 제자들에게 주시고 말씀하셨다. '받아서 먹어라. 이것은 내 몸이다.' 또 잔을 들어서 감사 기도를 드리신 다음에, 그들에게 주시고 말씀하셨다. '모두 돌려가며 이 잔을 마셔라. 이것은 죄를 사하여 주려고 많은 사람을 위하여 흘리는 나의 피, 곧 언약의 피다.'" (마태 26:26-28)

누가복음에는 예수께서 빵을 들어서 감사를 드리신 다음에 떼어서 그들에게 주시며 다음과 같이 말씀하셨다고 부언한다. "이것은 너희를 위하여 주는 내 몸이다. 이것을 행하여 나를 기억하여라."(누가 22:18) 그 말씀에 순종하여 교회는 '성찬' 예식을 정기적으로 시행한다. 그리스도인들은 성찬식에서 빵과 포도주를 먹고 마시면서 우리를 위해 찢기시고 흘리신 예수를 기억한다. 그리고 예수의 희생적 죽음으로 우리가 누리는 새로운 생명을 감사한다.

§희생과 생명

성찬식에 참석하는 사람들은 빵과 포도주를 들면서 우리를 살리기 위해 자신의 몸을 내어주신 예수 그리스도의 희생을 기억한다. 유진 피터슨은 성찬뿐 아니라 우리가 가정에서 먹는 일상적인 식사에도 그 중심에서 맥박치고 있는 단어는 희생이라고 하였다.[87] 우리는 식탁에 앉아 먹을 때마다 누군가의 수고와 희생이 깃든 음식을 먹으며 삶을 유지하고 있다. 그런 의미에서 성찬의 식탁뿐 아니라 음식이 차려진 모든 식탁은 생명의 식탁이다. 생명은 생명을 먹고 산다. 우리는 자족적인 존재가 아니다. 우리는 우리를 위해, 우리에게 바쳐진 생명체들에 의하여 살아간다.

① 식탁에 차려진 것은 물질에 불과한 것이 아니다. 그것들은 다른 생명이 살 수 있도록 자기 생명을 내준 희생물이다. 우리는 우리에게 그리고 우리를 위해 자신을 내어준 다른 생명체에 의해 오늘도 살고 있다.
② 식탁 위에 차려진 모든 음식에는 심고 가꾸고 수확하는 일에 기술과 노력을 기울인 사람들의 수고와 사랑이 깃들어 있다. 음식은 다른 사람들의 노동과 사랑의 산물이다.
③ 식탁에 앉아 함께 먹을 때 그 식사는 음식물 섭취를 넘어 친교의 행위로 발전한다. 대화, 감정의 교류, 감각적 즐거움, 기도 그리고 수고

---

87 유진 피터슨/이종태, 양혜원 옮김, 〈현실, 하나님의 세계〉 (서울: IVP, 2006), 383.

등 보이지 않는 가치와 힘이 물질로 되어 있는 음식 속에 담겨 새로운 의미를 창출한다. 우리가 서로 사랑하고 감사하는 마음으로 음식을 먹을 때 그 음식은 우리에게 육체적 생명을 줄 뿐 아니라 사랑과 친교로 이어지는 사회적 생명을 신장시킨다.

§ 은혜의 식탁

성찬의 빵과 포도주에는 우리를 위해 베풀어주신 하나님의 은혜가 배어 있다. 마찬가지로 식탁에 놓여 있는 모든 음식에도 하나님의 은혜가 배어 있다. 근본적으로 우리는 자족적인 존재가 아니다. 우리는 하나님의 은혜로 산다. 다른 사람 덕분에 산다. 따지고 보면 우리가 먹을 수 있는 것은 농사를 짓고, 우리에게 먹거리를 공급하는 사람들의 수고가 있었기 때문이다. 우리가 맛있게 먹는 것은 그 식재료를 가지고 솜씨 있게 조리한 사람들의 사랑과 수고가 있었기 때문이다. 식탁에는 여러 사람의 수고와 애정이 보이지 않게 자리 잡고 있다. 우리는 그들의 은혜로 산다.

그런데 인간의 수고와 희생만으로는 한 톨의 곡식도 우리 입에 들어올 수 없다. 햇볕과 비가 하늘에서 쏟아짐으로 곡식이 자라고 그것이 밥이 되고 빵이 되어 우리의 생명을 살린다. 성찬이든 일상의 식탁이든 모든 식탁에는 하나님의 은혜가 가득하다. 식탁 앞에서 우리는 하나님의 은혜를 기억하고 여러 사람의 수고를 기억한다. 우리가 맛있게 음식을 나누고 먹고 생기 있게 살 수 있는 것은 하나님의 은혜이고 수고한 사람들 덕분이다.

알고 보면 최후의 만찬은 배신자와의 식탁 자리였다. 그러나 예수는 자신을 배신하고 도망갈 제자들에게 빵과 포도주를 주시면서 이것은 너희를 위하여 주는 내 몸이요, 너희를 위하여 흘리는 피라고 하셨다. 자기 몸을 내어주기까지 제자들을 사랑한다는 것을 빵과 포도주로 구체화한 것이다. 그리고 이것을 행하여 나를 기억해 달라고 말씀하셨다. 예수는 제자들이 자신과 함께 나누어 먹은 은혜의 식탁을 기억해 주기를 바라셨다. 자신을 따르는 제자들이 주님의 생명과 죽음을 기억하고 그 식탁에 담긴 뜻을 이어가기를 원하셨다.

그 후 교회는 주님이 베푸신 최후의 만찬을 성찬식이라고 하는 거룩한 예식으로 만들어 이어가고 있다. 성찬에 참여하는 사람은 일상의 식탁에서 깨닫지 못했던 하나님의 은혜를 발견하고 하나님의 은혜를 감사한다.

§감사의 식탁

성찬은 헬라어로 유카리스트라고 하는데 그 말은 감사를 뜻하는 그리스어 유카리스티아(eucharistia)에서 온 말이다. 돌아가시기 전날 밤에 예수는 빵과 포도주를 놓고 감사 기도를 드림으로써 하나님으로부터 가장 멀리 떨어진 고난과 죽음의 자리를 은혜로운 하나님 아버지와 연결하였다. 예수를 따라 우리는 어떤 형편에 있든지 하나님과 연결될 수 있음을 믿고 감사한다. 성찬에 참여하는 그리스도인들은 모든 순간과 물질의 안과 배후와 그 심연에 은혜로운 하나님이 계신 것을 인정하고 감사하는 마음으로 세상 속에서 살아간다.[88]

그렇게 살려면 거듭나야 한다. "우선적으로 거듭나야 할 것은 상상력이다."(체스터턴) 성찬에 참여하는 것은 우리가 하나님이 상상하는 세계 안으로 들어가 사는 것이다. 상상력이 거듭난 그리스도인은 성찬에 참여하면서 무정하고 편협하고 차별하는 세상, 자신밖에 모르는 세상, 은혜가 바닥난 세상에서 넘치게 베푸시는 하나님의 은혜를 알아보고 감사한다. 빵과 포도주를 받으면서 하나님 나라 백성의 정체성을 회복한다. 그래서 생명을 죽이는 세상, 자기 배만 채우려는 탐욕이 가득한 세상, 무정하고 차별하는 세상에서 하나님의 은혜를 전달하며 함께 살아가는 사람이 된다.

성찬식에서 회복된 상상력을 따라 보면 일상의 식사도 새롭게 보인다. 매일 식사하기 위해 둘러앉는 평범한 식탁은 십자가에서 죽으시고 부활하신 그리스도께서 우리와 함께 앉아 계시는 식탁이 된다. 식탁에 놓여 있는 것들은 자연적인 것과 초자연적인 것, 지상의 빵과 천상의 빵이 융합되어 있다.

---

88 로완 윌리엄스/김기철 옮김, 〈그리스도인이 된다는 것〉 (서울: 복있는 사람, 2017), 82-83.

노라 갤러거(Nora Gallagher)는 지상의 빵과 천상의 빵이 겹쳐지는 것에 대해서 자신이 깨달은 것을 다음과 같이 들려준다.

"나는 이러한 초기의 성찬식을 거룩한 의미의 빵과 포도주를 평범한 빵과 포도주에 포개 넣는 것이라고, 한 영혼, 한 자아가 더 넓고 깊은 그 무엇과 접촉한다는 느낌을 자기 내면과 자기 마음에, 일상적인 자신 속에 간직하는 방식이라고 생각하고 싶다. 나는 둘이 함께한다는 개념을 좋아한다. 식사와 거룩한 식사(성만찬)가 함께하고, 성(聖)과 속(俗)이 결합하며, 평범과 비범이 연결된다. 그 결과 둘이 분리되어 서로 말도 하지 않는 영역으로 들어가고 마는 일이 일어나지 않게 된다."[89]

§ 일상의 식탁에서 발견하는 사랑, 희생, 생명

우리는 매일 식탁에 앉아 밥을 먹는다. 특별할 것도 없고, 대단할 것도 없다. 항상 먹는 평범한 식사다. 그러나 우리의 상상력이 변화된다면 우리 일상의 식탁은 그 의미가 변한다. 새로운 눈으로 식탁을 마주하면 우리가 먹는 음식이 전과 다르게 보인다.

때로는 영화가 종교적인 의식이 쪼그라든 우리의 상상력을 회복시

---

[89] 노라 갤러거/전의우 옮김, 《성찬-거룩한 일상이 만나는 주님의 식탁》 (서울: IVP, 2012), 141.

킨다. 같은 것을 대하지만 전에 볼 수 없었던 의미가 살아나고, 그러면 삶에 대한 태도가 달라진다. 앞에서 소개한 영화 〈바베트의 만찬〉과 기독교의 성만찬 예식을 통해서 변화된 상상력을 발휘하여 우리 일상의 식탁을 다시 보자.

① 식탁에는 우리가 먹을 음식만 있는 것이 아니다. 식탁 위에는 사랑, 희생도 함께 있다. 바베트의 사랑과 수고가 있어서 만찬이 풍성해졌듯이, 예수의 사랑과 희생을 의미하는 빵과 포도주가 하나님의 풍성한 은혜를 가리키듯이 우리가 일상으로 먹는 음식에도 하나님의 은혜와 여러 사람의 수고가 배어 있다. 하나님의 돌보심, 그리고 식재료를 키우고 운반하고 조리한 사람들의 수고와 사랑이 식탁 위에 오롯이 담겨 있다. 우리는 일상의 식탁에서 하나님의 은혜를 감사하고 다른 사람의 수고와 헌신을 기억한다.

② 우리는 식탁에서 음식을 먹지만 음식과 함께 사랑도 먹고 나눈다. 성만찬에 참여하는 사람들이 하나님 안에서 형제자매임을 확인하듯이, 바베트의 만찬이 서로 반목했던 사람들을 화해시키고 하나가 되게 했듯이 일상의 음식도 함께 나누어 먹음으로 서로 사랑을 나누게 된다. 모든 식사에는 함께 나누는 대화, 감정의 교류, 미각적 즐거움, 그리고 음식을 만든 사람들의 수고와 사랑에 대한 인정이 담겨 있다. 우리가 대접하거나 대접을 받는 가장 간단한 식사에도 그 뒤에, 그 밑

에 그리고 그 주변에는 엄청나게 복잡한 그물망과 같은 일들이 있다.[90]

③ 모든 식사의 배후에는 희생이 있다. 성만찬과 바베트의 만찬에 예수의 희생과 바베트의 희생이 있었듯이 일상의 식사에도 '희생'이 자리 잡고 있다. 식탁에 있는 모든 음식은 생명을 살리기 위하여 다른 생명체들이 희생되고 타자를 위하여 바쳐진다. 희생과 식사는 늘 연결되어 있다. 식탁 위에 차려진 음식을 먹으면서 우리는 우리 생명이 유지될 수 있도록 또 다른 생명이 희생되었음을 깨닫는다. 그 희생은 쌀, 당근, 오이의 생명일 수 있고, 물고기나 닭의 생명일 수 있고, 암소의 생명일 수도 있다. 우리는 우리에게 그리고 우리를 위해 희생된 동물과 식물들 때문에 산다.

④ 우리는 모든 음식을 감사하는 마음으로 받아먹어야 한다. 우리는 성만찬이라고 하는 종교적 예전에서 하나님의 은혜를 발견하고 감사할 뿐 아니라 일상의 식사에서도 곡식을 자라게 하시는 하나님의 은혜를 발견하고 감사한다. 또한 우리에게 먹을거리를 공급해주고 맛있게 조리해준 여러 사람의 수고와 사랑을 깨닫고 감사하며 먹는다. 그럴 때 우리의 식사는 동물의 식사가 아닌 인간의 식사가 된다. 우리는 음식과 함께 하나님의 은혜와 이웃의 수고와 사랑을 함께 먹는 사람이 된다. 그렇게 우리는 삶에 대하여 더 넓은 시야를 갖게 되어 세상에 가득한 좋은 것들을 감사하고 기쁨을 누린다.

---

90 유진 피터슨, 〈현실, 하나님의 세계〉, 388.

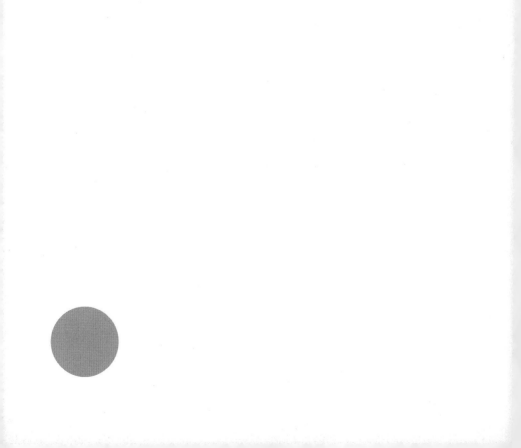

참고 도서

참고 도서

고골 "구시대의 지주들" 고골 외/양장선 옮김, 〈러시아 단편소설 걸작선〉 (서울: 행복한책읽기, 2010)

김채원, 〈겨울의 환〉 (파주: 문학사상사, 2006)

김현경, 〈사람, 장소, 환대〉 (서울: 문학과지성사, 2015)

김현진, 〈신들의 향연, 인간의 만찬〉, (서울: 난달, 2015)

노라 갤러거/전의우 옮김, 〈성천-거룩한 일상이 만나는 주님의 식탁〉 (서울: IVP, 2012)

니코스 카잔차키스/안정효 옮김, 〈최후의 유혹, 하〉 (파주: 열린책들, 2014)

데버러 럽턴/박형신 옮김, 〈음식과 먹기의 사회학-음식, 몸, 자아〉 (파주: 한울, 2015)

도널드 밀러/윤종석 옮김, 〈천년 동안 백만 마일〉 (서울: IVP, 2010)

도스토옙스키/김연경 옮김, 〈카라마조프 가의 형제들 1〉 (서울: 민음사, 2012)

되르테 쉬퍼/유영미 옮김, 〈내 생의 마지막 식사〉 (서울: 웅진지식하우스, 2010)

랭던 길키, 〈산둥 수용소〉 (서울: 새물결플러스, 2017)

레오나르도 보프. 이정희 옮김. 〈주의 기도〉 (서울: 다산글방, 2000)

레이먼드 D. 보이스버트, 리사 헬트/마도경 옮김, 〈식탁 위의 철학자들〉 (파주: 21세기북스, 2017)

로널드 르블랑/ 조주관 옮김, 〈음식과 성: 도스토옙스키와 톨스토이〉, (서울: 그린비출판사, 2015),

로버트 제임스 월러/공경희 옮김, 〈매디슨 카운티의 다리〉 (서울: 시공사, 2002)

로버트 콜스/박현주 옮김, 〈환대하는 삶〉 (서울: 낮은산, 2011)

로완 윌리엄스/김기철 옮김, 〈그리스도인이 된다는 것〉 (서울: 복있는사람, 2017)

마르끄 슬로님/이종진 옮김, 〈도스또예프스끼와 여성〉 (파주: 열린책들, 2011)

멜라니 뮐·디아나 폰 코프/송소민 옮김, 〈음식의 심리학〉 (서울: 반니, 2017)

백영옥, 〈다이어트의 여왕〉 (파주: 문학동네, 2009)

석영중, 〈러시아 문학의 맛있는 코드〉, (고양: 위즈덤하우스, 2016)

스캇 맥나이트/박세혁 옮김, 〈배제의 시대, 포용의 은혜〉 (서울: 아바서원, 2013)

스캇 맥나이트/김창동 옮김, 〈예수 신경〉 (서울: 새물결플러스, 2015)

알렉산드르 솔제니친/김학수 옮김, 〈수용소 군도 1-6 〉 (파주: 열린책들, 2017)

알렉산드르 솔제니친/이영의 옮김, 〈이반 데니소비치, 수용소의 하루〉 (서울: 민음사, 2017)

에릭 엠마뉴엘 슈미트/이미경 옮김, 〈빌라도 복음서〉 (서울: 열림원, 2012)

염창환, 송진선, 〈치유의 밥상〉 (고양: 위즈덤하우스, 2013)

유진 피터슨/권연경 옮김, 〈부활〉 (파주: 청림출판사, 2007)

유진 피터슨/이종태, 양혜원 옮김, 〈현실, 하나님의 세계〉 (서울: IVP, 2006)

이귀우, "〈채식주의자〉에 나타난 음식 모티프와 '소극적' 저항", 정미숙 외, 〈한강, 채식주의자 깊게 읽기〉 (서울: 미르북컴퍼니, 2016)

이문균, 〈교회에서 처음 배우는 주기도문 사도신경〉 (서울: 사자와 어린양, 2023)

이문균, 〈레미제라블, 신학의 눈으로 읽다〉 (서울: 가이드포스트, 2014)

이안/이희주 옮김, 〈음식남녀〉 (서울: 책과 몽상, 1995)

제스 베이커/박다솜 옮김, 〈나는 뚱뚱하게 살기로 했다〉 (서울: 웨일북, 2017)

존 앨런/윤태경 옮김, 〈미각의 지배〉 (서울: 미디어윌, 2013)

정경호, 〈성서를 통해 맛보는 생명의 밥상, 평화의 세상〉 (서울: 대한기독교서회, 2013)

줄리언 바지니/이용재 옮김, 〈철학이 있는 식탁〉 (고양: 이마, 2015)

E. H. 카/김병익· 권영빈 옮김, 〈도스또예프스끼 평전〉 (파주: 열린책들, 2011)

캐롤 M. 코니한/김정희 옮김, 〈음식과 몸의 인류학〉 (서울: 갈무리, 2005)

켈시 티머먼/문희경 옮김, 〈식탁 위의 세상-나는 음식에서 삶을 배웠다〉 (서울: 부키, 2016)

클라이브 마쉬, 가이 로르티즈 편저/김도훈 옮김, 〈영화관에서 만나는 기독교 영성〉 (파주: 살림출판사, 2007)

톨스토이/박형규 옮김, 〈안나 카레니나 I〉 (파주: 문학동네, 2009)

톨스토이/이영범 옮김, 〈크로이처 소나타〉 (서울: 지식을 만드는 지식, 2012)

팀 체스터/홍종락 옮김, 〈예수님이 차려주신 밥상〉, (서울: IVP, 2013)

파커 J. 팔머/홍병룡 옮김, 〈일과 창조의 영성〉 (서울: 아바서원, 2013)

프리모 레비/이현경 옮김, 〈이것이 인간인가〉 (파주: 돌베개, 2016)

한강, 〈채식주의자〉 (파주: 창비, 2007)

음식남녀, 욕망과 삶

펴낸날 2024년 6월 17일

지은이 이문균
펴낸이 주계수 | **편집책임** 이슬기 | **꾸민이** 이슬기

펴낸곳 밥북 | **출판등록** 제 2014-000085 호
주소 서울시 마포구 양화로 7길 47 상훈빌딩 2층
전화 02-6925-0370 | **팩스** 02-6925-0380
홈페이지 www.bobbook.co.kr | **이메일** bobbook@hanmail.net

© 이문균, 2024.
ISBN 979-11-7223-018-0(03810)